戴望舒作品集

戴望舒　著

凡尼　郁苇　编

中国出版集团　现代出版社

图书在版编目(CIP)数据

戴望舒作品集 / 戴望舒著；凡尼，郁苇编. —北京：现代出版社，2018.1

ISBN 978-7-5143-6652-5

Ⅰ.①戴… Ⅱ.①戴… ②凡… ③郁… Ⅲ.①散文集－中国－现代 ②诗集－中国－现代 Ⅳ.①I216.2

中国版本图书馆CIP数据核字(2017)第329985号

戴望舒作品集

作　　者	戴望舒	
编　　者	凡　尼　郁　苇	
责任编辑	申　晶	
出版发行	现代出版社	
地　　址	北京市安定门外安华里504号	
邮政编码	100011	
电　　话	010-64267325　010-64245264（兼传真）	
网　　址	www.1980xd.com	
电子邮箱	xiandai@cnpitc.com.cn	
印　　刷	三河市宏盛印务有限公司	
开　　本	710mm×1000mm　1/16	
印　　张	22.5	
字　　数	348千	
版　　次	2018年3月第1版　2018年3月第1次印刷	
书　　号	ISBN 978-7-5143-6652-5	
定　　价	39.80元	

目　录

附录：译诗

4

前　言

　　戴望舒（1905～1950）是现代诗派最重要、最有代表性的诗人之一。原名戴梦鸥，浙江杭州人，父亲是银行职员。他从小在故乡就学，1923年到上海大学学习，不久转到大同学校学英文，后又转入震旦大学学法文。其间，在一些共产党人影响下，加入过共青团，参加过革命宣传活动。与此同时，也开始从事文学活动。后来与施蛰存、杜衡等创办过《璎珞旬刊》《现代》等刊物，在文坛上颇有影响。1932年戴望舒赴法国留学，后又改赴西班牙。1934年回国。1936年与徐迟等创办《新诗》杂志。1937年"八一三"后，戴望舒到香港，曾编过文艺刊物《耕耘》和《星岛日报》副刊《星座》，积极参加各种宣传抗日的爱国活动。1940年创办《中国作家》（英文版），译介抗日文学作品，为抗日和扩大中国现代文学的国际影响作出了一定贡献。1941年太平洋战争爆发，戴望舒被日寇逮捕，在狱中饱受摧残，但他坚持了民族气节，后被友人营救出狱。抗战胜利后，戴望舒回到上海。1948年因从事民主运动遭国民党当局通缉，再次赴港。1949年春，戴望舒经天津到北京。全国解放后，他被分配到国家新闻出版总署任法语编辑。1950年病逝。

　　戴望舒生前出版的主要作品有诗集《我底记忆》（1929）、《望舒草》（1933）、《望舒诗稿》（1937）、《灾难的岁月》（1948）。另外，还有一些译诗、论著。

　　戴望舒所走过的创作道路是错综曲折的。从思想发展的阶段性来看，他的创作大致可以抗日战争的全面爆发为界，分为前后两个时期；从诗艺探索的阶段性来看，又可分为四个阶段。

　　《我底记忆》是诗人出版的第一本诗集，其中前半部分以第一辑《旧锦囊》为代表的诗作，是诗人1922～1924年写成的"少年作"，出现在我们面前的是抒情主人公灰暗、阴郁、枯槁的形象,《生涯》一诗充满着悲观的气息:"我希望长睡沉沉, / 长在那梦里温存。"但这毕竟是不可能的,因此只有哀叹:"欢乐只是一幻梦, / 孤苦却待我生挨!"《流浪人的夜歌》以怪枭、饥狼、荒坟来象征现实的丑恶:"此地是黑暗底占领, / 恐怖在统治人群, / 幽夜茫茫地不明。"然而,诗人对此却采取一种消极颓废的态度,宁愿让自己"颠连飘泊的孤身","与残月同沉",反映出典型的"世纪末"情绪。但在情绪的渲染和意境的营造方面,诗人则更多地借鉴我国古典诗词,有明显的晚唐风味,如"人间天上不堪寻"、"朝朝只有鸣咽"之类哀叹的情调。这时的戴望舒"像一个没落的世家子弟,对人生采取消极的、悲观的态度。这个时期的作品,充满了自怨自艾和无病呻吟",是"离时代很远"的。

1925 年至 1927 年间,戴望舒入震旦大学读法文,最初读雨果、拉马丁、缪塞的诗,而后又偷偷地读魏尔伦、波特莱尔,最后更迷醉于古尔蒙、耶麦、瓦雷里等后期象征派诗作,从他们那里汲取朦胧的意象和阴郁的情调,以及表现潜意识的隐喻、暗示、通感等艺术手法。其时,新月派闻一多、徐志摩等正积极倡导格律诗,那种回荡的旋律和流畅的节奏曾成为显赫一时的风尚,也曾影响了戴望舒一时的艺术追求。《雨巷》是他这个时期的代表作。在这首诗里,诗人把自己那种轻烟薄雾般的哀愁在笔端中表现得萦回不绝,而又具有和谐的音律美,使它成为戴望舒诗作中最流行的作品。

出现在我们面前的是这样一个抒情主人公的形象:他既对黑暗现实不满,又看不到出路;他不甘沉沦,偶尔闪现过理想和希望的影子,当证实为虚妄时,他仍然在无望地期待和希冀着。诗中写他"撑着油纸伞","独自彷徨在悠长,悠长又寂寥的雨巷",他希望逢着"一个丁香一样地结着愁怨的姑娘",她终于"静默地走近"了他的身旁;然而仅此而已,紧接着就"像梦一般地凄婉迷茫"地飘过去了——

> 在雨的哀曲里,
> 消了她的颜色,
> 散了她的芬芳,
> 消散了,甚至她的

太息般的眼光，

她丁香般的惆怅。

……

在这首富有象征意味的诗里，诗人所展现的就是这样一个"凄婉迷茫"的现实。把自己年轻的心关闭在如此阴暗狭窄的"雨巷"里，孤独失望的心绪又迫使他去寻觅世外飞来的安慰，于是就出现了那个幻觉生造出来的丁香姑娘。然而，在现实生活中，甚至连这种短促的幻梦也是不可能继续多久的，心目中的"希望"人物很快就消失得无影无踪了。最后，在那条悠长又寂寥的"雨巷"里彷徨的，就只剩下他自己！这首诗可以说是在特定的时代、特定的情绪下诗人弹奏出的一支"梦幻曲"。此诗写于1927年夏天，正是"四一二"政变不久，它抒写了大革命失败后青年知识分子失望和彷徨的典型心态。我们看到，诗中所描写的一切都是飘忽朦胧的：悠长寂寥的雨巷，颓圮的篱墙，冷清凄凉的蒙蒙细雨，一切都是那样"凄婉迷茫"。这时，一个孤独的过客由远而近地走来了。他撑着油纸伞走过来，又走过去。他要到哪里去，干什么，谁也捉摸不透。从第二节开始，我们才逐渐觉察到，他是在寻找一个重要的东西——那失落了的希望和理想。但是，在那样一个黑暗的现实中，是不可能寻到的。现实生活得不到的东西，只能从幻想中去获得。于是，出现了那个象征理想或希望的丁香姑娘。这是一个幻觉形象。

他是通过梦一般飘忽朦胧的形象和意境，来反映特定时代、特定环境中的心境。那个丁香般的姑娘虽然在诗人的幻觉中走近了他，并向他投出"太息般的眼光"，可是又很快地像梦一般从他身边"飘过"去了，给他留下的只是"凄婉迷茫"。此时他甚至不敢奢望再有机会遇见那样一个姑娘了，即使是再一次地从眼前"飘过"姑娘的"倩影"，对他来说，也怕是渺茫的"希望"吧！响彻在诗行里的就是这种理想失落的孤独彷徨的心绪。

《雨巷》里的"丁香姑娘"是作者在黑暗的现实中、孤寂的生活里一个美好但朦胧的理想的象征。

这位"丁香姑娘"有着"丁香一样的颜色"、"芬芳"，但也有着"丁香一样的忧愁"，"哀怨又彷徨"，还有着"太息般的眼光"，"像梦一般地凄婉迷茫"。从大量凄婉的词语上，我们知道当时作者由于缺乏正确的世界观，找不到真正的出路，他即使有美好的理想，也是朦胧而伤感的。

"丁香姑娘"这个象征体现了大革命失败后一部分曾经热烈响应过革命的青年对现实的曲折不满和对生活的软弱追求，虽然鼓舞人心的力量不强，但还是有一定积极意义的。

在艺术上，《雨巷》以其优美的音节受到过人们的称赞。叶圣陶说《雨巷》"替新诗的音节开了一个新的纪元"，整首诗像一支迷离飘忽的梦幻曲，回响着浓重的感伤失望的情绪。

全诗共七节，每节六行，诗句长短错落，回环往复，押韵规则，有很强的音乐性。这种音乐性不只体现在诗句的抑扬顿挫上，更重要的是体现在诗的情绪的抑扬顿挫即诗情的程度上，诗的节奏美和旋律美，在整首诗里得到了相当完美的统一和融合。一种略带忧伤的凄婉迷茫的乐音，构成了这首诗的主旋律。像"娘"、"巷"、"惆"、"光"、"墙"等韵脚一再出现在诗行中，形成"余音绕梁"的韵味。为了增强诗的音乐美，诗人吸取了我国民歌和西方诗重唱和复沓的手法，并运用顶针格修辞，取得了悠扬悦耳的听觉美感。像第一节与最末一节诗，大部分词语完全相同，就具有重唱和复沓的特点。这种追求，为诗与音乐的结合开拓了新的艺术天地。

《不要这样》《闻曼陀铃》等也是这一时期的诗作，都是抒发诗人对现实的深沉的失望情绪，同时也透露出其始终未泯灭对希望或理想的寻求的心境。在艺术追求上，与《雨巷》是完全契合的。

但这一艺术追求并没有持续多久，戴望舒就放弃了外在的、表面的韵律和格式，大胆地探求内在的诗情、内在的节奏，变格律美为旋律美，创造了具有散文美特征的自由诗体。那些亲切而又舒卷自如的说话调子和新鲜活脱的日常口语，更适合表现现代人的复杂微妙的生活感受，让诗的触角深入人的灵魂的"幽微精妙的去处"。从他这一阶段所写的诗里，可以看到更多的法国后期象征诗人的影响。这阶段诗作的特色，可借用他评古尔蒙的话来概括："他底诗有着绝端地微妙——心灵底微妙与感觉底微妙。他底诗完全是给读者底神经，给微细到纤毫的感觉的。即使是无韵诗，但是读者会觉得每一篇中都有着很个性的音乐。"《我底记忆》这首曾被诗人称为"杰作"的诗，正代表了这一新的艺术追求。这首诗完全是对个人日常琐碎生活的挖掘，是典型的内心抒唱。诗人从"燃着的烟卷上"，从"绘着百合花的笔杆上",从"破旧的粉盒上",从"喝了一半的酒瓶上",从"撕碎的往日的诗稿上"……总之,是从满布尘埃的神经网中牵动自己的"记忆",寻找它的踪迹。他要用这些"记忆"堆积成一道屏障,来抵制外来的骚扰和烦忧。尽管用了平和冲淡的调子,但终究没有能够掩盖充满在诗里的苦涩的生活感受和沉重的孤独心态。这首诗在艺术上的特点,是对"记忆"这种无形无声的心理状态作了拟人化的描绘,用一系列繁复的意象去展示这些生活片段集锦,给人以亲切新鲜的印象。但在形式上显得松散,流于散文化的枝蔓,在口语的运用上也缺少加工与提炼,念起来不那么干脆、简练。《秋天的梦》似更应视为戴望舒充分成熟时期的代表作品。

> 迢遥的牧女的羊铃,
> 摇落了轻的树叶。
>
> 秋天的梦是轻的,
> 那是窈窕的牧女之恋。
>
> 于是我的梦是静静地来了,
> 但却载着沉重的昔日。
>
> 唔,现在,我是有一些寒冷,
> 一些寒冷,和一些忧郁。

那种清丽婉约、自然流畅的散文美的特点,在这首诗里得到了极致的体现。意象的跳跃与连缀,主题的朦胧性、暗示性,潜意识的流动等,皆为典型的现代风味。但"牧女"、"树叶"、"窈窕"、"昔日"却回响着我国古典诗歌的情韵。戴望舒终于寻到了中西诗歌审美追求的契合点。在内容的表现上也独具匠心:诗人一方面宣泄自己心际萦回不绝的"忧郁"以及难以排遣的"沉重的昔日"的阴影,但他却又美化和诗化了自己所吟咏的一个现实生活的侧面,并涂上美丽、恬静的色彩。把"窈窕牧女"的弥漫诗意的画面,跟自己忧郁、寒冷的心境交织在一起，充分反映了企图逃避现实而又不可能的矛盾和痛苦的心态。比之《我底记忆》，这首《秋天的梦》象征味更浓，也更多一些艺术美。另外，像《旅思》《霜花》《乐园鸟》《不寐》以及吟咏爱情的《有赠》等，都是这一阶段诗作中的佼佼者。应该指出的是，随着他的诗艺达到更成熟的境地的同时，他的诗在思想内容上越来越显示出空虚和苍白，一种深沉的幻灭感进一步变形为绝望的自我陶醉和莫名的惆怅。虽然在他屈指可数的少数诗篇里（如《断指》《祭日》《流水》）也透露出一些积极的倾向，但总的精神危机是存在的。

　　抗日战争的爆发，是戴望舒的思想和创作全面更生的转机。他在时代潮流的召唤下，以满腔的爱国激情投入神圣的民族解放战争，终于发出了战斗的呼号。他歌唱"新的希望"在"血染的土地，焦裂的土地"上出现，而"新的力量"也将在"坚苦的人民，英勇的人民"中生长，从而坚信"苦难会带来自由解放"（《元日祝福》）。在长期的痛苦和忧郁中喑哑了的歌喉，第一次放开嗓子歌唱了。1941年香港沦陷，戴望舒因积极从事抗日宣传被日军逮捕入狱。在狱中，他始终保持着坚定的民族气节："饥饿的眼睛凝望着铁栅，／勇敢的胸膛迎着白刃：耻辱粘住每一颗赤心，／在那里，炽烈地燃烧着悲愤。"（《等待（二）》）尽管受尽日寇的凌侮与毒刑，但诗人毫不消沉悲观，坚强的民族自信心鼓舞他"耐心地等待"最后胜利的来临。"让我在这里等待，／耐心地等你们回来，／做你们的耳目，我曾经生活，／做你们的心，我永远不屈服。"在戴望舒前期的诗作里，无论如何也难找到这样感人的、充满了力量和信念的诗句。这些诗，完全消退了诗人以往的那种伤感颓废的色彩，它们就像是诗人深广的悲愤郁结成的火山，当找到一个喷射口，就一泻千里地奔突出来，夹带着一股热流，震撼着读者的心灵。然而，更为可贵的是，在恐怖阴暗的牢笼里，诗人的心却充满阳光，他的思绪越过千山万水，飞向受难的祖国大地，飞向在党的领导下坚持抗日的解放区，并为此发出了流自心坎的激情礼赞。

只有那辽远的一角依然完整，
温暖，明朗，坚固而蓬勃生春。
在那上面，我用残损的手掌轻抚，
像恋人的柔发，婴孩手中乳。

我把全部的力量运在手掌

贴在上面，寄与爱和一切希望。

因为只有那里是太阳，是春，

将驱逐阴暗，带来苏生，

因为只有那里我们不像牲口一样活，

蝼蚁一样死……那里，永恒的中国！

——《我用残损的手掌》

诗人把"一切的希望"都寄托在解放区。他向往那里的人民所过的自由民主的生活，相信从那里升起的阳光一定会驱逐笼罩祖国大地的阴暗，带来民族的复兴。对将会诞生的"永恒的中国"的摇篮——解放区，诗人倾注了无限的热爱与赞美之情。从艺术上看诗人的诗歌风格也有显著的变化，虽然不是有意为之，但内容决定形式。只有在经历了"灾难的岁月"和战斗历程后，他才找到了自己诗歌的"最合脚的鞋子"。这时，他否定了语言和观念的游戏，用精练而纯朴的手法去抒写他的真情实感，通过浓郁的诗情去开辟通往读者心灵的诗的道路，构成诗的艺术魅力。对戴望舒来说，这是一个惊人的转变，从沉溺于个人的低声哀叹，到满怀爱国激情地为祖国、为人民而歌。正是这样，他才能运用得上他那圆熟的技巧，用朴素简洁的语言去浇铸自然明朗的风格。戴望舒后期的诗风倾向现实主义，而且形式上转向了格律和半格律体，基调明快昂扬，音韵和谐铿锵，预示着一种新的艺术追求。可惜，1945年5月写的《偶成》成了诗人的绝响。

在本书编选过程中：

一、凡能找到出处的诗文，均标出。

二、为方便读者阅读和欣赏，有关注释力避烦琐，求简单明白。

三、字词用法除明显讹误，均保留作者同时代习惯用法，择善而从。

编者

2016 年 8 月

夕阳下

晚云在暮天上散锦，
溪水在残日里流金；
我瘦长的影子飘在地上，
像山间古树底寂寞的幽灵。

远山啼哭得紫了，
哀悼着白日底长终；
落叶却飞舞欢迎
幽夜底衣角，那一片清风。

荒冢里流出幽古的芬芳，
在老树枝头把蝙蝠迷上，
它们缠绵琐细的私语
在晚烟中低低地回荡。

幽夜偷偷地从天末归来，
我独自还恋恋地徘徊；
在这寂寞的心间，我是
消隐了忧愁，消隐了欢快。

载《小说月报》第十九卷第十一号，一九二八年十一月

寒风中闻雀声

枯枝在寒风里悲叹，
死叶在大道上萎残；
雀儿在高唱薤露歌，
一半儿是自伤自感。

大道上寂寞凄清，
高楼上悄悄无声，
只那孤岑的雀儿
伴着孤岑的少年人。

寒风吹老了树叶，
又来吹老少年底华鬓，
更在他底愁怀里，
将一丝的温馨吹尽。

唱啊，我同情的雀儿，
唱破我芬芳的梦境；
吹吧，你无情的风儿，
吹断了我飘摇的微命。

自家伤感

怀着热望来相见，
冀希从头细说，
偏你冷冷无言；
我只合踏着残叶
远去了，自家伤感。

希望今又成虚，
且消受终天长怨。
看风里的蜘蛛，
又可怜地飘断
这一缕零丝残绪。

载《小说月报》第十九卷第八号，一九二八年八月

生　涯

泪珠儿已抛残，
只剩了悲思。
无情的百合啊，
你明丽的花枝。
你太娟好，太轻盈，
使我难吻你娇唇。

人间伴我的是孤苦，
白昼给我的是寂寥；
只有那甜甜的梦儿
慰我在深宵：
我希望长睡沉沉，
长在那梦里温存。

可是清晨我醒来
在枕边找到了悲哀：
欢乐只是一幻梦，
孤苦却待我生挨！
我暗把泪珠哽咽，
我又生活了一天。

泪珠儿已抛残，
悲思偏无尽，
啊，我生命底慰安！
我屏营待你垂悯：
在这世间寂寂，
朝朝只有呜咽。

流浪人的夜歌

残月是已死的美人，
在山头哭泣嘤嘤，
哭她细弱的魂灵。

怪枭在幽谷悲鸣，
饥狼在嘲笑声声
在那残碑断碣的荒坟。

此地是黑暗底占领，
恐怖在统治人群，
幽夜茫茫地不明。

来到此地泪盈盈，
我是颠连飘泊的孤身，
我要与残月同沉。

Fragments[①]

不要说爱还是恨，
这问题我不要分明：
当我们提壶痛饮时，
可先问是酸酒是芳醇？

愿她温温的眼波
荡醒我心头的春草：
谁希望有花儿果儿？
但愿在春天里活几朝。

载《小说月报》第十九卷第八号，一九二八年八月

————————

① 标题是法文，收入《望舒诗稿》时译。

凝泪出门

昏昏的灯，
溟溟的雨，
沉沉的未晓天；
凄凉的情绪；
将我底愁怀占住。

凄绝的寂静中，
你还酣睡未醒；
我无奈踯躅徘徊，
独自凝泪出门：
啊，我已够伤心。

清冷的街灯，
照着车儿前进：
在我底胸怀里，
我是失去了欢欣，
愁苦已来临。

载《璎珞》旬刊第一期，一九二六年三月

可　知

可知怎的旧时的欢乐
到回忆都变作悲哀，
在月暗灯昏时候
重重地兜上心来，
　　　啊，我底欢爱！

为了如今惟有愁和苦，
朝朝的难遣难排，
恐惧以后无欢日，
愈觉得旧时难再，
　　　啊，我底欢爱！

可是只要你能爱我深，
只要你深情不改，
这今日的悲哀，
会变作来朝的欢快，
　　　啊，我底欢爱！

否则悲苦难排解，
幽暗重重向我来，

我将含怨沉沉睡，

睡在那碧草青苔。

　　啊，我底欢爱！

　　　　　　　载《璎珞》旬刊第三期，一九二六年四月

静　夜

像侵晓蔷薇底蓓蕾
含着晶耀的香露，
你盈盈地低泣，低着头，
你在我心头开了烦忧路。

你哭泣嘤嘤地不停，
我心头反覆地不宁；
这烦忧是从何处生，
使你堕泪，又使我伤心？

停了泪儿啊，请莫悲伤。
且把那原因细讲，
在这幽夜沉寂又微凉，
人静了，这正是时光。

载《小说月报》第十九卷第八号，一九二八年八月

山 行

见了你朝霞的颜色，
便感到我落月的沉哀，
却似晓天的云片，
烦怨飘上我心来。

可是不听你啼鸟的娇音，
我就要像流水地呜咽，
却似凝露的山花，
我不禁地泪珠盈睫。

我们彳亍在微茫的山径，
让梦香吹上了征衣，
和那朝霞，和那啼鸟，
和你不尽的缠绵意。

残花的泪

寂寞的古园中，
明月照幽素，
一枝凄艳的残花
对着蝴蝶泣诉：

我的娇丽已残，
我的芳时已过，
今宵我流着香泪，
明朝会萎谢尘土。

我的旖艳与温馨，
我的生命与青春
都已为你所有，
都已为你消受尽！

你旧日的蜜意柔情
如今已抛向何处？
看见我憔悴的颜色，
你啊，你默默无语！

你会把我孤凉地抛下，

独自蹁跹地飞去，
又飞到别枝春花上，
依依地将她恋住。

明朝晓日来时，
小鸟将为我唱薤露歌；
你啊，你不会眷顾旧情
到此地来凭吊我！

载《小说月报》第十九卷第八号，一九二八年八月

十四行

微雨飘落在你披散的鬓边，
像小珠碎落在青色的海带草间
或是死鱼飘翻在浪波上，
闪出神秘又凄切的幽光。

诱着又带着我青色的灵魂
到爱和死底梦的王国中睡眠，
那里有金色的空气和紫色的太阳，
那里可怜的生物将欢乐的眼泪流到胸膛；

就像一只黑色的衰老的瘦猫，
在幽光中我憔悴又伸着懒腰，
流出我一切虚伪和真诚的骄傲；
然后，又跟着它踉跄在轻雾朦胧；
像淡红的酒沫飘在琥珀钟，
我将有情的眼藏在幽暗的记忆中。

载《莽原》第二卷第二十期，一九二七年十二月

不要这样盈盈地相看

不要这样盈盈地相看，
把你伤感的头儿垂倒，
静，听啊，远远地，在林里，
在死叶上的希望又醒了。

是一个昔日的希望，
它沉睡在林里已多年；
是一个缠绵烦琐的希望，
它早在遗忘里沉湮。

不要这样盈盈地相看，
把你伤感的头儿垂倒，
这一个昔日的希望，
它已被你惊醒了。

这是缠绵烦琐的希望，
如今已被你惊起了，
它又要依依地前来
将你与我烦扰。

不要这样盈盈地相看，

把你伤感的头儿垂倒，

静，听啊，远远地，从林里，

惊醒的昔日的希望来了。

载《莽原》第二卷第二期，一九二七年十二月

回了心儿吧

回了心儿吧，Ma chère ennemie①，
我从今不更来无端地烦恼你。

你看我啊，你看我伤碎的心，
我惨白的脸，我哭红的眼睛！

回来啊，来一抚我伤痕，
用盈盈的微笑或轻轻的一吻。

Aime un peu②！我把无主的灵魂付你：
这是我无上的愿望和最大的冀希。

回了心儿吧，我这样向你泣诉，
Un peu d'amour, pour moij；c'est dèjàtrop③！

载《莽原》第二卷第二期，一九二七年十二月

---

① 法文，诗人自译为"我亲爱的冤家"。
② 法文，诗人自译为"爱一些些"。
③ 法文，诗人自译为"一点的爱情，在我，已经是够多了"。

Spleen [①]

我如今已厌看蔷薇色，
一任她娇红披满枝。

心头的春花已不更开，
幽黑的烦忧已到我欢乐之梦中来。

我底唇已枯，我底眼已枯，
我呼吸着火焰，我听见幽灵低诉。

去吧，欺人的美梦，欺人的幻象，
天上的花枝，世人安能痴想。

我颓唐地在挨度这迟迟的朝夕！
我是个疲倦的人儿，我等待着安息。

载《小说月报》第十九卷第八号，一九二八年八月

[①] 原题为法文，收入《望舒诗稿》时译为《忧郁》。

残叶之歌

男　子

你看，湿了雨珠的残叶
静静地停在枝头，
（湿了珠泪的微心，
轻轻地贴在你心头。）

它踌躇着怕那微风
吹它到缥缈的长空。

女　子

你看，那小鸟曾经恋过枝叶，
如今却要飘忽无迹。
（我底心儿和残叶一样，
你啊，忍心人，你要去他方。）

它可怜地等待着微风，
要依风去追逐爱者底行踪。

男　子

那么，你是叶儿，我是那微风，
我曾爱你在枝上，也爱你在街上。

女　子

来啊，你把你微风吹起，
我将我残叶底生命还你。

Mandoline [①]

从水上飘起的，春夜的 Mandoline，
你咽怨的亡魂，孤冷又缠绵，
你在哭你底旧时情？

你徘徊到我底窗边，
寻不到昔日的芬芳，
你惆怅地哭泣到花间。

你凄婉地又重进我纱窗，
还想寻些坠鬟的珠屑——
啊，你又失望地咽泪去地方。

你依依地又来到我耳边低泣；
啼着那颓唐哀怨之音；
然后，懒懒地，到梦水间消歇。

---

① 标题是法文，收入《望舒诗稿》时译为《闻曼陀铃》。

雨　巷

撑着油纸伞，独自
彷徨在悠长，悠长
又寂寥的雨巷，
我希望逢着
一个丁香一样地
结着愁怨的姑娘。

她是有
丁香一样的颜色，
丁香一样的芬芳。
丁香一样的忧愁，
在雨中哀怨，
哀怨又彷徨；

她彷徨在这寂寥的雨巷，
撑着油纸伞
像我一样，
像我一样地
默默彳亍着，
冷漠，凄清，又惆怅。

她静默地走近
走近，又投出
太息一般的眼光，
她飘过
像梦一般地，
像梦一般地凄婉迷茫。

像梦中飘过
一枝丁香地，
我身旁飘过这女郎；
她静默地远了，远了，
到了颓圮的篱墙，
走尽这雨巷。

在雨的哀曲里，
消了她的颜色，
散了她的芬芳，
消散了，甚至她的
太息般的眼光，
她丁香般的惆怅。

撑着油纸伞，独自
彷徨在悠长，悠长
又寂寥的雨巷，
我希望飘过
一个丁香一样地
结着愁怨的姑娘。

载《小说月报》第十九卷第八号，一九二八年八月

我底记忆

我底记忆是忠实于我的，
忠实得甚于我最好的友人。

它存在在燃着的烟卷上，
它存在在绘着百合花的笔杆上，
它存在在破旧的粉盒上，
它存在在颓垣的木莓上，
它存在在喝了一半的酒瓶上，
在撕碎的往日的诗稿上，在压干的花片上，
在凄暗的灯上，在平静的水上，
在一切有灵魂没有灵魂的东西上，
它在到处生存着，像我在这世界一样。

它是胆小的，它怕着人们底喧嚣，
但在寂寥时，它便对我来作密切的拜访。
它底声音是低微的，
但是它底话是很长，很长，
很多，很琐碎，而且永远不肯休：
它底话是古旧的，老是讲着同样的故事，
它底音调是和谐的，老是唱着同样的曲子，
有时它还模仿着爱娇的少女底声音

它底声音是没有气力的，
而且还夹着眼泪，夹着太息。

它底拜访是没有一定的，
在任何时间，在任何地点，
甚至当我已上床，朦胧地想睡了；
人们会说它没有礼貌，
但是我们是老朋友。

它是琐琐地永远不肯休止的，
除非我凄凄地哭了，或是沉沉地睡了：
但是我是永远不讨厌它，
因为它是忠实于我的。

载《未名》第二卷第一期，一九二九年一月

路上的小语

——给我吧，姑娘，那朵簪在你发上的
小小的青色的花，
它是会使我想起你底温柔来的。

——它是到处都可以找到的，
那边，你看，在树林下，在泉边，
而它又只会给你悲哀的记忆的。

——给我吧，姑娘，你底像花一样地燃着的，
像红宝石一样地晶耀着的嘴唇，
它会给我蜜底味，酒底味。

——不，它只有青色的橄榄底味，
和未熟的苹果底味，
而且是不给说谎的孩子的。

——给我吧，姑娘，那在你衫子下的
你的火一样的，十八岁的心，
那里是盛着天青色的爱情的。

——它是我的，是不给任何人的，
除非别人愿意把他自己底真诚的
来作一个交换，永恒地。

载《无轨列车》第一期，一九二八年九月

林下的小语

走进幽暗的树林里
人们在心头感到了寒冷，
亲爱的，在心头你也感到寒冷吗，
当你拥在我怀里
而且把你的唇粘着我底的时候？

不要微笑，亲爱的，
啼泣一些是温柔的，
啼泣吧，亲爱的，啼泣在我底膝上，
在我底胸头，在我底颈边。
啼泣不是一个短促的欢乐。

"追随我到世界的尽头。"
你固执地这样说着吗？
你说得多傻！你去追随天风吧！
我呢，我是比天风更轻，更轻，
是你永远追随不到的。

哦，不要请求我的心了！
它是我的，是只属于我的。

什么是我们的恋爱的纪念吗?
拿去吧，亲爱的，拿去吧，
这沉哀，这绛色的沉哀。

夜　是^①

夜是清爽而温暖；
飘过的风带着青春和爱底香味，
我的头是靠在你裸着的膝上，
你想笑，而我却哭了。

温柔的是缢死在你底发上，
它是那么长，那么细，那么香；
但是我是怕着，那飘过的风
要把我们底青春带去。

我们只是被年海底波涛
挟着飘去的可怜的 é paves，
不要讲古旧的 romance 和理想的梦国了，
纵然你有柔情，我有眼泪。

我是怕着：那飘过的风

---

① 　收入《望舒草》时，改题《夜》。

已把我们底青春和别人底一同带去了；

爱呵，你起来找一下吧，

它可曾把我们底爱情带去。

载《无轨列车》第一期，一九二八年九月

独自的时候

房里曾充满过清朗的笑声，
正如花园里充满过蔷薇；
人在满积着的梦的灰尘中抽烟，
沉想着消逝了的音乐。

在心头飘来飘去的是什么啊，
像白云一样地无定，像白云一样地沉郁？
而且要对它说话也是徒然的，
正如人徒然地向白云说话一样。

幽暗的房里耀着的只有光泽的木器，
独语着的烟斗也黯然缄默，
人在尘雾的空间描摹着惨白的裸体
和烧着人的火一样的眼睛。

为自己悲哀和为别人悲哀是一样的事，
虽然自己的梦是和别人的不同的，
但是我知道今天我是流过眼泪，
而从外边，寂静是悄悄地进来。

载《未名》第一卷，第八、九期，一九二八年十一月

秋 天

再过几日秋天是要来了，
默坐着，抽着陶器的烟斗，
我已隐隐地听见它的歌吹
从江水的船帆上。

它是在奏着管弦乐：
这个使我想起做过的好梦；
从前我认它是好友是错了，
因为它带了忧愁来给我。

林间的猎角声是好听的，
在死叶上的漫步也是乐事，
但是，独身汉的心地我是很清楚的，
今天，我是没有闲雅的兴致。

我对它没有爱也没有恐惧，
我知道它所带来的东西的重量，
我是微笑着，安坐在我的窗前，
当浮云带着恐吓的口气来说：秋天要来了　望舒先生！

载《未名》第二卷第一期，一九二九年一月

对于天的怀乡病

怀乡病，怀乡病，
这或许是一切有一张有些忧郁的脸，
一颗悲哀的心，
而且老是缄默着，
还抽着一支烟斗的
人们的生涯吧。

怀乡病，哦，我呵，
我也是这类人之一，
我呢，我渴望着回返
到那个天，到那个如此青的天，
在那里我可以生活又死灭，
像在母亲的怀里，
一个孩子笑着和哭着一样。

我呵，我真是一个怀乡病者，
是对于天的，对于那如此青的天的，
在那里我可以安安地睡着
没有半边头风，没有不眠之夜，
没有心的一切的烦恼，

这心，它，已不是属于我的，

而有人已把它抛弃了

像人们抛弃了敝屣一样。

载《无轨列车》第八期，一九二八年十二月

断　指

在一口老旧的，满积着灰尘的书橱中，
我保存着一个浸在酒精瓶中的断指；
每当无聊地去翻寻古籍的时候，
它就含愁地向我诉说一个使我悲哀的记忆。

它是被截下来的，从我一个已牺牲了的朋友底手上，
它是惨白的，枯瘦的，和我的友人一样，
时常萦系着我的，而且是很分明的，
是他将这断指交给我的时候的情景：

"为我保存着这可笑又可怜的恋爱的纪念吧，望舒，
在零落的生涯中，它是只能增加我的不幸的了。"
他的话是舒缓的，沉着的，像一个叹息，
而他的眼中似乎是含着泪水，虽然微笑是在脸上。

关于他的"可怜又可笑的爱情"我是一些也不知道。
我知道的只是他是在一个工人家里被捕去的，
随后是酷刑吧，随后是惨苦的牢狱吧，
随后是死刑吧，那等待着我们大家的死刑吧。

关于他"可笑又可怜的爱情"我是一些也不知道。

他从未对我谈起过，即使在喝醉了酒时，
但是我猜想这一定是一段悲哀的故事，他隐藏着，
他想使它跟着截断的手指一同被遗忘了。

这断指上还染着油墨底痕迹，
是赤色的，是可爱的，光辉的赤色的，
它很灿烂地在这截断的手指上，
正如他责备别人底懦怯的目光在我们底心头一样。

这断指常带了轻微又粘着的悲哀给我，
但是它在我又是一件很有用的珍品，
每当为了一件琐事而颓丧的时候，我会说：
"好，让我拿出那个玻璃瓶来吧。"

载《无轨列车》第一期，一九二八年十二月

印　象

是飘落深谷去的
幽微的铃声吧，
是航到烟水去的
小小的渔船吧，
如果是青色的真珠，
它已堕到古井的暗水里。

林梢闪着的颓唐的残阳，
它轻轻地敛去了
跟着脸上浅浅的微笑。

从一个寂寞的地方起来的，
迢遥的，寂寞的呜咽，
又徐徐回到寂寞的地方，寂寞地。

载《现代》第一卷第一号，一九三二年五月

到我这里来

到我这里来，假如你还存在着，
全裸着，披散了你的发丝：
我将对你说那只有我们两人懂得的话。

我将对你说为什么蔷薇有金色的花瓣，
为什么你有温柔而馥郁的梦，
为什么锦葵会从我们的窗间探首进来。

人们不知道的一切我们都会深深了解，
除了我的手的颤动和你的心的奔跳；
不要怕我发着异样的光的眼睛，
向我来：你将在我的臂间找到舒适的卧榻。

可是，啊，你是不存在着了，
虽则你的记忆还使我温柔地颤动，
而我是徒然地等待着你，每一个傍晚，
在菩提树下，沉思地，抽着烟。

祭　日

今天是亡魂的祭日，
我想起了我的死去了六年的友人。
或许他已老一点了，怅惜他爱娇的妻，
他哭泣着的女儿，他剪断了的青春。

他一定是瘦了，过着飘泊的生涯，在幽冥中，
但他的忠诚的目光是永远保留着的，
而我还听到他往昔的熟稔有劲的声音，
"快乐吗，老戴？"（快乐，唔，我现在已没有了。）

他不会忘记了我：这我是很知道的，
因为他还来找我，每月一二次，在我梦里，
他老是饶舌的，虽则他已归于永恒的沉寂，
而他带着忧郁的微笑的长谈使我悲哀。

我已不知道他的妻和女儿到哪里去了，
我不敢想起她们，我甚至不敢问他，在梦里；
当然她们不会过着幸福的生涯的，
像我一样，像我们大家一样。

快乐一点吧，因为今天是亡魂的祭日；

我已为你预备了在我算是丰盛了的晚餐，
你可以找到我园里的鲜果，
和那你所嗜好的陈威士忌酒。
我们的友谊是永远地柔和的，
而我将和你谈着幽冥中的快乐和悲哀。

载《新文艺》第一卷第二号，一九二九年十月

烦　忧

说是寂寞的秋的悒郁，
说是辽远的海的怀念。
假如有人问我烦忧的原故，
我不敢说出你的名字。

我不敢说出你的名字，
假如有人问我烦忧的原故：
说是辽远的海的怀念，
说是寂寞的秋的悒郁。

载《新文艺》第一卷第四号，一九二九年十二月

百合子

百合子是怀乡病的可怜的患者，
因为她的家是在灿烂的樱花丛里的；
我们徒然有百尺的高楼和沉迷的香夜，
但温煦的阳光和朴素的木屋总常在她缅想中。

她度着寂寂的悠长的生涯，
她盈盈的眼睛茫然地望着远处；
人们说她冷漠的是错了，
因为她沉思的眼里是有着火焰。

她将使我为她而憔悴吗？
或许是的，但是谁能知道？
有时她向我微笑着，
而这忧郁的微笑使我也坠入怀乡病里。

她是冷漠的吗？不。
因为我们的眼睛是秘密地交谈着；
而她是醉一样地合上了她的眼睛的，
如果我轻轻地吻着她花一样的嘴唇。

载《新文艺》第一卷第四期，一九二九年十二月十五日

46

八重子

八重子是永远地忧郁着的，
我怕她会郁瘦了她的青春。
是的，我为她的健康挂虑着，
尤其是为她的沉思的眸子。

发的香味是簪着辽远的恋情，
辽远到要使人流泪；
但是要使她欢喜，我只能微笑，
只能像幸福者一样地微笑。

因为我要使她忘记她的孤寂，
忘记萦系着她的渺茫的乡思，
我要使她忘记她在走着
无尽的，寂寞的凄凉的路。

而且在她的唇上，我要为她祝福，
为我的永远忧郁着的八重子，
我愿她永远有着意中人的脸，
春花的脸，和初恋的心。

载《小说月报》第二十一卷第六号，一九三〇年九月

梦都子①

致霞村②

她有太多的蜜饯的心——
在她的手上，在她的唇上；
然后跟着口红，跟着指爪，
印在老绅士的颊上，
刻在醉少年的肩上。

我们是她年青的爸爸，诚然，
但也害怕我们的女儿到怀里来撒娇，
因为在蜜饯的心以外，
她还有蜜饯的乳房，
而在撒娇之后，她还会放肆。

你的衬衣上已有了贯矢的心，
而我的指上又有了纸捻的约指，
如果我爱惜我的秀发，
那么你又该受那心愿的忤逆。

---

① 梦都子，一日本舞女名。
② 霞村即徐霞村（1907～1986），中国现代作家。

我的素描

辽远的国土的怀念者，
我，我是寂寞的生物。

假如把我自己描画出来，
那是一幅单纯的静物写生。

我是青春和衰老的集合体，
我有健康的身体和病的心。

在朋友间我有爽直的声名，
在恋爱上我是一个低能儿。

因为当一个少女开始爱我的时候，
我先就要栗然地惶恐。

我怕着温存的眼睛，
像怕初春青空的朝阳。

我是高大的，我有光辉的眼；
我用爽朗的声音恣意谈笑。

但在悒郁的时候，我是沉默的，

悒郁着，用我二十四岁的整个的心。

载《小说月报》第二十一卷第六号，一九三〇年九月

单恋者

我觉得我是在单恋着，
但是我不知道是恋着谁：
是一个在迷茫的烟水中的国土吗，
是一支在静默中零落的花吗，
是一位我记不起的陌路丽人吗？
我不知道。
我知道的是我的胸膛胀着，
而我的心悸动着，像在初恋中。

在烦倦的时候，
我常是暗黑的街头的踯躅者，
我走遍了嚣嚷的酒场，
我不想回去，好像在寻找什么。
飘来一丝媚眼或是塞满一耳腻语，
那是常有的事。
但是我会低声说：
"不是你！"然后踉跄地又走向他处。

人们称我为"夜行人"，
尽便吧，这在我是一样的；

真的，我是一个寂寞的夜行人。

而且又是一个可怜的单恋者。

载《小说月报》第二十二卷第二号，一九三一年二月

老之将至

我怕自己将慢慢地慢慢地老去，
随着那迟迟寂寂的时间，
而那每一个迟迟寂寂的时间，
是将重重地载着无量的怅惜的。

而在我坚而冷的圈椅中，在日暮，
我将看见，在我昏花的眼前
飘过那些模糊的暗淡的影子：
一片娇柔的微笑，一只纤纤的手，
几双燃着火焰的眼睛，
或是几点耀着珠光的眼泪。

是的，我将记不清楚了：
在我耳边低声软语着
"在最适当的地方放你的嘴唇"的，
是那樱花一般的樱子①吗？
那是茹丽苔②吗，飘着懒倦的眼
望着她已卸了的锦缎的鞋子？……

---

① 樱子，日本妇女名。
② 茹丽苔，法语的音译，妇女名。此处用以指诗人心目中的美女。犹中国诗家用的"谢女"、"秋娘"之类。

这些，我将都记不清楚了，
因为我老了。

我说，我是担忧着怕老去，
怕这些记忆凋残了，
一片一片地，像花一样；
只留着垂枯的枝条，孤独地。

载《小说月报》第二十二卷第一号，一九三一年一月

秋天的梦

迢遥的牧女的羊铃
摇落了轻的树叶。

秋天的梦是轻的，
那是窈窕的牧女之恋。

于是我的梦是静静地来了，
但却载着沉重的昔日。

唔，现在，我是有一些寒冷，
一些寒冷，和一些忧郁。

载《小说月报》第二十二卷第一号，一九三一年一月

前 夜

一夜的纪念，呈呐鸥兄①

在比志步尔启碇的前夜②，

托密的衣袖变作了手帕③，

她把眼泪和着唇脂拭在上面，

要为他壮行色，更加一点粉香。

明天会有太淡的烟和太淡的酒，

和磨不损的太坚固的时间，

而现在，她知道应该有怎样的忍耐：

托密已经醉了，而且疲倦得可怜。

这的橙花香味的南方的少年④，

他不知道明天只能看见天和海——

---

① 呐鸥即刘呐鸥（1900～1936），原名刘灿波，笔名洛生。20 世纪 30 年代我国新感觉派主要作家，曾开办第一线书店——水沫书店。

② 1932 年 5 月 1 日《现代》创刊号发表时，"比志步尔"作"斯登步尔"，"斯登步尔"系当时一邮船船名。

③ 托密是一日本舞女的绰号。

④ 1932 年 5 月 1 日《现代》创刊号发表时，"这的橙花"作"这有橙花"。

或许在"家，甜蜜的家"里他会康健些^①，

但是他的温柔的亲戚却要更瘦，更瘦。

载《现代》第一卷第一期，一九三二年五月号

---

① "家，甜蜜的家"是歌剧《米兰的少女》中一首独唱曲，由 J. H. 培恩作词，英国 H. R. 比海普作曲。曾在我国广泛流传。

我的恋人

我将对你说我的恋人，
我的恋人是一个羞涩的人，
她是羞涩的，有着桃色的脸，
桃色的嘴唇，和一颗天青色的心。

她有黑色的大眼睛，
那不敢凝看我的黑色的大眼睛——
不是不敢，那是因为她是羞涩的；
而当我依在她胸头的时候，
你可以说她的眼睛是变换了颜色，
天青的颜色，她的心的颜色。

她有纤纤的手，
它会在我烦忧的时候安抚我，
她有清朗而爱娇的声音，
那是只向我说着温柔的，
温柔到销熔了我的心的话的。

她是一个静娴的少女，

她知道如何爱一个爱她的人，

但是我永远不能对你说她的名字，

因为她是一个羞涩的恋人。

载《小说月报》第二十二卷第十号，一九三一年十月

村　姑

村里的姑娘静静地走着，
提着她的蚀着青苔的水桶；
溅出来的冷水滴在她的跣足上，
而她的心是在泉边的柳树下。

这姑娘会静静地走到她的旧屋去，
那在一棵百年的冬青树荫下的旧屋，
而当她想到在泉边吻她的少年，
她会微笑着，抿起了她的嘴唇。

她将走到那古旧的木屋边，
她将在那里惊散了一群在啄食的瓦雀，
她将静静地走到厨房里，
又静静地把水桶放在干刍边。

她将帮助她的母亲造饭，
而从田间回来的父亲将坐在门槛上抽烟，
她将给猪圈里的猪喂食，
又将可爱的鸡赶进它们的窠里去。

在暮色中吃晚饭的时候，

她的父亲会谈着今年的收成，
他或许会说到她的女儿的婚嫁，
而她便将羞怯地低下头去。

她的母亲或许会说她的懒惰，
（她打水的迟延便是一个好例子,）
但是她会不听到这些话，
因为她在想着那有点鲁莽的少年。

载《小说月报》第二十二卷第十号，一九三一年十月

野　宴

对岸青叶荫下的野餐，
只有百里香和野菊做伴；
河水已洗涤了碍人的礼仪，
白云遂成为飘动的天幕。

那里有木叶一般绿的薄荷酒，
和你所爱的芬芳的腊味，
但是这里有更可口的芦笋
和更新鲜的乳酪。

我的爱软的草的小姐，
你是知味的美食家：
先尝这开胃的饮料，
然后再试那丰盛的名菜。

载《北斗》第一卷第二期，一九三一年十月

三顶礼

引起寂寂的旅愁的，
翻着软浪的暗暗的海，
我的恋人的发，
受我怀念的顶礼。

恋之色的夜合花，
佻挞的夜合花，
我的恋人的眼，
受我沉醉的顶礼。

给我苦痛的蜇的，
苦痛的但是欢乐的蜇的，
你小小的红翅的蜜蜂，
我的恋人的唇，
受我怨恨的顶礼。

载《小说月报》第二十二卷第十号，一九三一年十月

二　月

春天已在野菊的头上逡巡着了，
春天已在斑鸠的羽上逡巡着了，
春天已在青溪的藻上逡巡着了，
绿荫的林遂成为恋的众香国。

于是原野将听倦了谎话的交换，
而不载重的无邪的小草
将醉着温软的皓体的甜香；

于是，在暮色冥冥里
我将听了最后一个游女的惋叹，
拈着一支蒲公英缓缓地归去。

载《小说月报》第二十二卷第十号，一九三一年十月

小　病

从竹帘里漏进来的泥土的香，
在浅春的风里它几乎凝住了；
小病的人嘴里感到了莴苣的脆嫩，
于是遂有了家乡小园的神往。

小园里阳光是常在芸苔的花上吧，
细风是常在细腰蜂的翅上吧，
病人吃的菜菔的叶子许被虫蛀了，
而雨后的韭菜却许已有甜味的嫩芽了。

现在，我是害怕那使我脱发的饕餮了，
就是那滑腻的海鳗般美味的小食也得斋戒，
因为小病的身子在浅春的风里是软弱的，
况且我又神往于家园阳光下的莴苣。

载《小说月报》第二十二卷第十号，一九三一年十月

款步一

这里是爱我们的苍翠的松树，
它曾经遮过你的羞涩和我的胆怯，
我们的这个同谋者是有一个好记性的，
现在，它还向我们说着旧话，但并不揶揄。

还有那多嘴的深草间的小溪，
我不知道它今天为什么缄默：
我不看见它，或许它已换一条路走了，
饶舌着，施施然绕着小村而去了。

这边是来做夏天的客人的闲花野草，
它们是穿着新装，像在婚筵里，
而且在微风里对我们作有礼貌的礼敬，
好像我们就是新婚夫妇。

我的小恋人，今天我不对你说草木的恋爱，
却让我们的眼睛静静地说我们自己底，
而且我要用我的舌头封住你的小嘴唇了，
如果你再说：我已闻到你的愿望的气味。

载《小说月报》第二十二卷第十号，一九三一年十月

款步二

答应我绕过这些木棚，
去坐在江边的游椅上。
啮着沙岸的永远的波浪，
总会从你投出着的素足
撼动你抿紧的嘴唇的。
而这里，鲜红并寂静得
与你底嘴唇一样的枫林间，
虽然残秋的风还未来到，
但我已经从你的缄默里，
觉出了它的寒冷。

载《现代》第一卷第一期，一九三二年五月号

过 时

说我是一个在怅惜着，
怅惜着好往日的少年吧，
我唱着我的崭新的小曲，
而你却揶揄：多么"过时！"

是呀，过时了，我的"单恋女"
都已经变作妇人或是母亲，
而我，我还可怜地年轻——
年轻？不吧，有点靠不住。

是呀，年轻是有点靠不住，
说我是有一点老了吧！
你只看我拿手杖的姿态
它会告诉你一切；而我的眼睛亦然。

老实说，我是一个年轻的老人了：
对于秋草秋风是太年轻了，
而对于春月春花却又太老。

载《现代》第一卷第一期，一九三二年五月号

有　赠[①]

谁曾为我束起许多花枝，

灿烂过又憔悴了的花枝，

谁曾为我穿起许多泪珠，

又倾落到梦里去的泪珠？

我认识你充满了怨恨的眼睛，

我知道你愿意缄在幽暗中的话语，

你引我到了一个梦中，

我却又在另一个梦中忘了你。

我的梦和我的遗忘中的人，

哦，受过我暗自祝福的人，

终日有意地灌溉着蔷薇，

我却无心地让寂寞的兰花愁谢。

载《现代》第一卷第一期，一九三二年五月号

---

① 1936 年，作曲家陈歌辛曾协助作者将此诗改为歌词，并由陈谱曲作为影片《初恋》的主题歌。歌词全文为：我走遍漫漫的天涯路，／我望断遥远的云和树，／多少的往事堪回首，／你呵，你在何处？我难忘你哀怨的眼睛，我知道你的沉默的情意，／你牵引我到一个梦中，／我却在别一个梦中忘记你！／呵！我的梦和遗忘的人！最受我祝福的人！终日我灌溉着蔷薇，却让幽兰枯萎！

游子谣

海上微风起来的时候，
暗水上开遍青色的蔷薇。
——游子的家园呢？

篱门是蜘蛛的家，
土墙是薜荔的家，
枝繁叶茂的果树是鸟雀的家。

游子却连乡愁也没有，
他沉浮在鲸鱼海蟒间：
让家园寂寞的花自开自落吧。

因为海上有青色的蔷薇，
游子要萦系他冷落的家园吗？
还有比蔷薇更清丽的旅伴呢。

清丽的小旅伴是更甜蜜的家园，
游子的乡愁在那里徘徊踟蹰。
唔，永远沉浮在鲸鱼海蟒间吧。

载《现代》第一卷第三期，一九三二年七月号

秋 蝇

木叶的红色，
木叶的黄色，
木叶的土灰色：
窗外的下午！

用一双无数的眼睛，
衰弱的苍蝇望得昏眩。
这样窒息的下午啊！
它无奈地搔着头搔着肚子。

木叶，木叶，木叶，
无边木叶萧萧下。

玻璃窗是寒冷的冰片了，
太阳只有苍茫的色泽。
巡回地散一次步吧！
它觉得它的脚软。

红色，黄色，土灰色，
昏眩的万花筒的图案啊！

迢遥的声音，古旧的，
大伽蓝的钟磬？天末的风？
苍蝇有点僵木，
这样沉重的翼翅啊！

飘下地，飘上天的木叶旋转着，
红色，黄色，土灰色的错杂的回轮。

无数的眼睛渐渐模糊，昏黑，
什么东西压到轻绡的翅上，
身子像木叶一般地轻，
载在巨鸟的翎翮上吗？

载《现代》第一卷第三期，一九三二年七月号

夜行者

这里他来了：夜行者！
冷清清的街上有沉重的跫音，
从黑茫茫的雾，
到黑茫茫的雾。

夜的最熟稔的朋友，
他知道它的一切琐碎，
那么熟稔，在它的熏陶中
他染了它一切最古怪的脾气。

夜行者是最古怪的人。
你看他走在黑夜里：
戴着黑色的毡帽，
迈着夜一样静的步子。

载《现代》第一卷第三期，一九三二年七月号

微 辞

园子里蝶褪了粉蜂褪了黄，
则木叶下的安息是允许的吧，
然而好弄玩的女孩子是不肯休止的，
"你瞧我的眼睛，"她说，"它们恨你！"

女孩子有恨人的眼睛，我知道，
她还有不洁的指爪，
但是一点恬静和一点懒是需要的，
只瞧那新叶下静静的蜂蝶。

魔道者使用曼陀罗根或是枸杞，
而人却像花一般地顺从时序，
夜来香娇妍地开了一个整夜，
朝来送入温室一时能重鲜吗？

园子都已恬静，
蜂蝶睡在新叶下，
迟迟的永昼中
无厌的女孩子也该休止。

载《现代》第一卷第三期，一九三二年七月号

妾薄命

一枝，两枝，三枝，
床巾上的图案花
为什么不结果子啊！
过去了：春天，夏天，秋天。

明天梦已凝成了冰柱；
还会有温煦的太阳吗？
纵然有温煦的太阳，跟着檐溜，
去寻坠梦的玎玲吧！

载《现代》第一卷第六期，一九三二年十月号

少年行

是簪花的老人呢，
灰暗的篱笆披着茑萝，

旧曲在颤动的枝叶间死了，
新蜕的蝉用单调的生命赓续。

结客寻欢都成了后悔，
还要学少年的行踪吗？

平静的天，平静的阳光下，
烂熟的果子平静地落下来了。

载《现代》第一卷第六期，一九三二年十月号

旅　思

故乡芦花开的时候，
旅人的鞋跟染着征泥，
粘住了鞋跟，粘住了心的征泥，
几时经可爱的手拂拭?

栈石星饭的岁月，
骡山骡水的行程：
只有寂静中的促织声，
给旅人尝一点家乡的风味。

不寐

在沉静底音波中，
每个爱娇的影子
在眩晕的脑里
作瞬间的散步；

只是短促的瞬间，
然后列成桃色的队伍，
月移花影地淡然消溶：
飞机上的阅兵式。

掌心抵着炎热的前额，
腕上有急促的温息；
是那一宵的觉醒啊？
这种透过皮肤的温息。

让沉静底最高的音波
来震破脆弱的耳膜吧。
窒息的白色的帐子，墙……
什么地方去喘一口气呢？

载《文艺月刊》第四卷第二号，一九三三年八月

深闭的园子

五月的园子
已花繁叶满了，
浓荫里却静无鸟喧。

小径已铺满苔藓，
而篱门的锁也锈了——
主人却在迢遥的太阳下。

在迢遥的太阳下，
也有璀璨的园林吗？

陌生人在篱边探首，
空想着天外的主人。

载《现代》第二卷第一号，一九三二年十一月号

灯

士为知己者用，
故承恩的灯
遂做了恋的同谋人：
作憧憬之雾的
青色的灯，
作色情之屏的
桃色的灯。

因为我们知道爱灯，
如仁者乐山，智者乐水，
为供它的法眼的鉴赏
我们展开秘藏的风俗画：
灯却不笑人的风魔。

在灯的友爱的光里，
人走进了美容院；
千手千眼的技师，
替人匀着最宜雅的脂粉，
于是我们便目不暇给。

太阳只发着学究的教训，

而灯光却作着亲切的密语，
至于交头接耳的暗黑，
就是饕餮者的施主了。

载《现代》第二卷第一号，一九三二年十一月号

寻梦者

梦会开出花来的，
梦会开出娇妍的花来的：
去求无价的珍宝吧。

在青色的大海里，
在青色的大海的底里，
深藏着金色的贝一枚。

你去攀九年的冰山吧，
你去航九年的旱海吧，
然后你逢到那金色的贝。

它有天上的云雨声，
它有海上的风涛声，
它会使你的心沉醉。

把它在海水里养九年，
把它在天水里养九年，
然后，它在一个暗夜里开绽了。

当你鬓发斑斑了的时候，

当你眼睛蒙眬了的时候，
金色的贝吐出桃色的珠。

把桃色的珠放在你怀里，
把桃色的珠放在你枕边，
于是一个梦静静地升上来了。

你的梦开出花来了。
你的梦开出娇妍的花来了，
在你已衰老了的时候。

载《现代》第二卷第一号，一九三二年十一月号

乐园鸟

飞着，飞着，春，夏，秋，冬，
昼，夜，没有休止，
华羽的乐园鸟，
这是幸福的云游呢，
还是永恒的苦役？

渴的时候也饮露，
饥的时候也饮露，
华羽的乐园鸟，
这是神仙的佳肴呢，
还是为了对于天的乡思？

是从乐园里来的呢，
还是到乐园里去的？
华羽的乐园鸟，
在茫茫的青空中，
也觉得你的路途寂寞吗？

假使你是从乐园里来的，
可以对我们说吗，

华羽的乐园鸟，

自从亚当，夏娃被逐后，

那天上的花园已荒芜到怎样了？

载《现代》第二卷第一号，一九三二年十一月号

古神祠前

古神祠前逝去的
暗暗的水上，
印着我多少的
思量底轻轻的脚迹，
比长脚的水蜘蛛，
更轻更快的脚迹。

从苍翠的槐树叶上，
它轻轻地跃到
饱和了古愁的钟声的水上，
它掠过涟漪，踏过荇藻，
跨着小小的，小小的
轻快的步子走。
然后，踟蹰着，
生出了翼翅……

它飞上去了，
这小小的蜉蝣，
不，是蝴蝶，它翩翩飞舞，
在芦苇间，在红蓼花上；
它高升上去了，

化作一只云雀，

把清音撒到地上……

现在它是鹏鸟了。

在浮动的白云间，

在苍茫的青天上，

它展开翼翅慢慢地，

作九万里的翱翔，

前生和来世的逍遥游。

它盘旋着，孤独地，

在迢遥的云山上，

在人间世的边际，

长久地，固执到可怜。

终于，绝望地，

它疾飞回到我心头

在那儿忧愁地蛰伏。

载《大公报·文艺》第二九三期，一九三七年一月三十一日

见毋忘我花

为你开的
为我开的毋忘我花，
为了你的怀念，
为了我的怀念，
它在陌生的太阳下，
陌生的树林间，
谦卑地，悒郁地开着。

在僻静的一隅，
它为你向我说话，
它为我向你说话；
它重数我们用凝望
远方的潮润的眼睛
在沉默中所说的话，
而它的语言又是
像我们的眼一样沉默。

开着吧，永远开着吧，
挂虑我们的小小的青色的花。

微　笑

轻岚从远山飘开，
水蜘蛛在静水上徘徊；
说吧：无限意，无限意。

有人微笑，
一颗心开出花来，
有人微笑，
许多脸儿忧郁起来。

做定情之花带的点缀吧，
做迢遥之旅愁的凭借吧。

霜　花

九月的霜花，
十月的霜花，
雾的娇女，
开到我鬓边来。

装点着秋叶，
你装点了单调的死，
雾的娇女，
来替我簪你素艳的花。

你还有珍珠的眼泪吗？
太阳已不复重燃死灰了。
我静观我鬓丝的零落，
于是我迎来你所装点的秋。

载《现代诗风》（第一册），一九三五年十月

古意答客问

孤心逐浮云之炫烨的卷舒。
惯看青空的眼喜侵阈的青芜。
你问我的欢乐何在？
——窗头明月枕边书。

侵晨看岚踯躅于山巅，
入夜听见琐语于花间。
你问我的灵魂安息于何处？
——看那袅绕地，袅绕地升上去的炊烟。

渴饮露，饥餐英；
鹿守我的梦，鸟祝我的醒。
你问我可有人间世的挂虑？
——听那消沉下去的百代之过客的蹬音。

一九三四年十二月五日

载《现代诗风》（第一册），一九三五年十月

灯

灯守着我，劬劳地，
凝看我眸子中
有穿着古旧的节日衣衫的
欢乐儿童，
忧伤稚子，
像木马栏似的
转着，转着，永恒地……

而火焰的春阳下的树木般的
小小的爆裂声，
摇着我，摇着我，
柔和地。

美丽的节日萎谢了，
木马栏犹自转着，转着……
灯徒然怀着母亲的劬劳，
孩子们的彩衣已褪了颜色。

已矣哉！
采撷黑色大眼睛的凝视
去织最绮丽的梦网！

手指所触的地方：

火凝作冰焰，
花幻为枯枝。
灯守着我。让它守着我！

曦阳普照，蜥蜴不复浴其光，
帝王长卧，鱼烛永恒地高烧
在他森森的陵寝。

这里，一滴一滴地，
寂静坠落，坠落，坠落。

一九三四年十二月二十一日

载《现代诗风》（第一册），一九三五年十月

秋夜思

谁家动刀尺？
心也需要秋衣。

听鲛人的召唤，
听木叶的呼息！
风从每一条脉络进来，
窃听心的枯裂之音。

诗人云：心即是琴。
谁听过那古旧的阳春白雪？
为真知的死者的慰藉，
有人已将它悬在树梢，
为天籁之凭托——
但曾一度谛听的飘逝之音。

而断裂的吴丝蜀桐
仅使人从弦柱间思忆华年。

一九三五年七月六日

载《现代诗风》（第一册），一九三五年十月

小　曲

啼倦的鸟藏喙在彩翎间，
音的小灵魂向何处翩跹？
老去的花一瓣瓣委尘土，
香的小灵魂在何处流连？

它们不能在地狱里，不能，
这那么好，那么好的灵魂！
那么是在天堂，在乐园里？
摇摇头，圣彼得可也否认。

没有人知道在哪里，没有，
诗人却微笑而三缄其口：
有什么东西在调和氤氲，
在他的心的永恒的宇宙。

一九三六年五月十四日

载《大公报·文艺》第一六九期，一九三六年六月二十六日

赠克木①

我不懂别人为什么给那些星辰
取一些它们不需要的名称，
它们闲游在太空，无牵无挂，
不了解我们，也不求闻达。

记着天狼，海王，大熊……这一大堆，
还有它们的成分，它们的方位，
你绞干了脑汁，涨破了头，
弄了一辈子，还是个未知的宇宙。

星来星去，宇宙运行，
春秋代序，人死人生，
太阳无量数，太空无限大，
我们只是倏忽渺小的夏虫井蛙。

不痴不聋，不做阿家翁，
为人之大道全在懵懂，
最好不求甚解，单是望望，
看天，看星，看月，看太阳。

---

① 克木即金克木（1912～　），现代诗人，文学翻译家，教授。

也看山，看水，看云，看风，
看春夏秋冬之不同，
还看人世的痴愚，人世的怅惚：
静默地看着，乐在其中。

乐在其中，乐在空与时以外，
我和欢乐都超越过一切的境界，
自己成一个宇宙，有它的日月星，
来供你钻究，让你皓首穷经。

或是我将变一颗奇异的彗星，
在太空中欲止即止，欲行即行，
让人算不出轨迹，瞧不透道理，
然后把太阳敲成碎火，把地球撞成泥。

一九三六年五月十八日

载《新诗》第一卷第一期，一九三六年十月

97

眼

在你的眼睛的微光下，
迢遥的潮汐升涨：
玉的珠贝；
青铜的海藻……
千万尾飞鱼的翅，
剪碎分而复合的
顽强的渊深的水。

无渚崖的水，
暗青色的水！
在什么经纬度上的海中，
我投身又沉溺在
以太阳之灵照射的诸太阳间，
以月亮之灵映光的诸月亮间，
以星辰之灵闪烁的诸星辰间？
于是我是彗星，
有我的手，
有我的眼，
并尤其有我的心。

我唏曝于你的眼睛的

苍茫朦胧的微光中，

并在你上面，

在你的太空的镜子中

鉴照我自己的

透明而畏寒的

火的影子，

死去或冰冻的火的影子。

我伸长，我转着，

我永恒地转着，

在你的永恒的周围

并在你之中……

我是从天上奔流到海，

从海奔流到天上的江河，

我是你每一条动脉，

每一条静脉，

每一个微血管中的血液，

我是你的睫毛

(它们也同样在你的

眼睛的镜子里顾影)，

是的，你的睫毛，你的睫毛，

而我是你，

因而我是我。

一九三六年十月十九日

载《新诗》第一卷第二期，一九三六年十二月

夜　蛾

绕着蜡烛的圆光，
夜蛾作可怜的循环舞，
这些众香国的谪仙不想起
已死的虫，未死的叶。

说这是小睡中的亲人，
飞越关山，飞越云树，
来慰藉我们的不幸，
或者是怀念我们的死者，
被记忆所逼，离开了寂寂的夜台来。

我却明白它们就是我自己，
因为它们用彩色的大绒翅
遮覆住我的影子，
让它留在幽暗里。
这只是为了一念，不是梦，
就像那一天我化成风。

一九三六年十二月二十六日

载《新诗》第一卷第四期，一九三七年一月

寂　寞

园中野草渐离离，
托根于我旧时的脚印，
给他们披青春的彩衣：
星下的盘桓从兹消隐。

日子过去，寂寞永存，
寄魂于离离的野草，
像那些可怜的灵魂，
长得如我一般高。

我今不复到园中去，
寂寞已如我一般高：
我夜坐听风，昼眠听雨，
悟得月如何缺，天如何老。

一九三七年二月十二日

载《文学杂志》第一卷第一期，一九三七年五月

我思想

我思想，故我是蝴蝶……
万年后小花的轻呼
透过无梦无醒的云雾，
来振撼我斑斓的彩翼。

一九三七年三月十四日

载《文学杂志》第一卷第一期，一九三七年五月

元日祝福

新的年岁带给我们新的希望。
祝福！我们的土地，
血染的土地，焦裂的土地，
更坚强的生命将从而滋长。

新的年岁带给我们新的力量。
祝福！我们的人民，
坚苦的人民，英勇的人民，
苦难会带来自由解放。

一九三九年元旦日

载《星岛日报·星座》第一五四期，一九三九年一月一日

103

白蝴蝶

给什么智慧给我，
小小的白蝴蝶，
翻开了空白之页，
合上了空白之页？

翻开的书页：
寂寞；
合上的书页：
寂寞。

一九四〇年五月三日

载《星岛日报·星座》第一五四期，一九三九年一月一日

致萤火

萤火，萤火，
你来照我。

照我，照这沾露的草，
照这泥土，照到你老。

我躺在这里，让一颗芽
穿过我的躯体，我的心，
长成树，开花；

让一片青色的苔藓，
那么轻，那么轻
把我全身遮盖，

像一双小手纤纤，
当往日我在昼眠，
把一条薄被
在我身上轻披。

我躺在这里
咀嚼着太阳的香味；

在什么别的天地，
云雀在青空中高飞。

萤火，萤火，
给一缕细细的光线——
够担得起记忆，
够把沉哀来吞咽！

一九四一年六月二十六日

载《华侨日报·文艺周刊》第一期，一九四四年一月三十日

狱中题壁

如果我死在这里，
朋友啊，不要悲伤，
我会永远地生存
在你们的心上。

你们之中的一个死了，
在日本占领地的牢里，
他怀着的深深仇恨，
你们应该永远地记忆。

当你们回来，从泥土
掘起他伤损的肢体，
用你们胜利的欢呼
把他的灵魂高高扬起，

然后把他的白骨放在山峰，
曝着太阳，沐着飘风：
在那暗黑潮湿的土牢，
这曾是他唯一的美梦。

一九四二年四月二十七日

载《新生日报·新语》，一九四六年一月五日

我用残损的手掌

我用残损的手掌
摸索这广大的土地：
这一角已变成灰烬，
那一角只是血和泥；
这一片湖该是我的家乡，
（春天，堤上繁花如锦障，
嫩柳枝折断有奇异的芬芳，）
我触到荇藻和水的微凉；
这长白山的雪峰冷到彻骨，
这黄河的水夹泥沙在指间滑出；
江南的水田，你当年新生的禾草
是那么细，那么软……现在只有蓬蒿；
岭南的荔枝花寂寞地憔悴，
尽那边，我蘸着南海没有渔船的苦水……
无形的手掌掠过无限的江山，
手指沾了血和灰，手掌粘了阴暗，
只有那辽远的一角依然完整，
温暖，明朗，坚固而蓬勃生春。
在那上面，我用残损的手掌轻抚，
像恋人的柔发，婴孩手中乳。
我把全部的力量运在手掌

贴在上面，寄与爱和一切希望，

因为只有那里是太阳，是春，

将驱逐阴暗，带来苏生，

因为只有那里我们不像牲口一样活，

蝼蚁一样死……那里，永恒的中国！

一九四二年七月三日

载《文艺春秋》第三卷第六期，一九四六年十二月

心 愿

几时可以开颜笑笑，
把肚子吃一个饱，
到树林子去散一会儿步，
然后回来安逸地睡一觉？
　　只有把敌人打倒。

几时可以再看见朋友们，
跟他们游山，玩水，谈心，
喝杯咖啡，抽一支烟，
念念诗，坐上大半天？
　　只有送敌人入殓。

几时可以一家团聚，
拍拍妻子，抱抱儿女，
烧个好菜，看本电影，
回来围炉谈笑到更深？
　　只有将敌人杀尽。

只有起来打击敌人，
自由和幸福才会临降，

否则这些全是白日梦

和没有现实的游想。

一九四三年一月二十八日

载《新生日报·新语》，一九四六年一月五日

等待 (一)

我等待了两年，
你们还是这样遥远啊！
我等待了两年，
我的眼睛已经望倦啊！

说六个月可以回来啦，
我却等待了两年啊，
我已经这样衰败啦，
谁知道还能够活几天啊。

我守望着你们的脚步，
在熟稔的贫困和死亡间。
当你们再来，带着幸福，
会在泥土中看见我张大的眼。

一九四三年十二月三十一日

载《新生日报·新语》，一九四六年一月五日，原题为《等待》。

等待 (二)

你们走了，留下我在这里等，
看血污的铺石上徘徊着鬼影，
饥饿的眼睛凝望着铁栅，
勇敢的胸膛迎着白刃：
耻辱粘住每一颗赤心，
在那里，炽烈地燃烧着悲愤。

把我遗忘在这里，让我见见
屈辱的极度，沉痛的界限，
做个证人，做你们的耳，你们的眼，
尤其做你们的心，受苦难，磨炼，
仿佛是大地的一块，让铁蹄蹂践，
仿佛是你们的一滴血，遗在你们后面。

没有眼泪没有语言的等待：
生和死那么紧地相贴相挨，
而在两者间，顾长的岁月在那里挤，
结伴儿走路，好像难兄难弟。

冢地只两步远近，我知道
安然占六尺黄土，盖六尺青草；

可是这儿也没有什么大不同，
在这阴湿，窒息的窄笼：
做白虱的巢穴，做泔脚缸，
让脚气慢慢延伸到小腹上，
做柔道的呆对手，剑术的靶子，
从口鼻一齐喝水，然后给踩肚子，
膝头压在尖钉上，砖头垫在脚踵上，
听鞭子在皮骨上舞，做飞机在梁上荡……

多少人从此就没有回来，
然而活着的却耐心地等待。

让我在这里等待，
耐心地等你们回来：
做你们的耳目，我曾经生活，
做你们的心，我永远不屈服。

一九四四年一月十八日

载《文艺春秋》第三卷第五期，一九四六年十二月

过旧居 （初稿）

静掩的窗子隔住尘封的幸福，
寂寞的温暖饱和着辽远的炊烟——
陌生的声音还是解冻的呼唤？……
挹泪的过客在往昔生活了一瞬间。

一九四四年三月二日

载《新生日报》，一九四六年一月十日

过旧居

这样迟迟的日影，
这样温暖的寂静，
这片午炊的香味，
对我是多么熟稔。

这带露台，这扇窗，
后面有幸福在窥望，
还有几架书，两张床，
一瓶花……这已是天堂。

我没有忘记：这是家，
妻如玉，女儿如花，
清晨的呼唤和灯下的闲话，
想一想，会叫人发傻；

单听他们亲昵地叫，
就够人整天地骄傲，
出门时挺起胸，伸直腰，
工作时也抬头微笑。

现在……可不是我回家午餐？……

桌上一定摆上了盘和碗，
亲手调的羹，亲手煮的饭，
想起了就会嘴馋。

这条路我曾经走了多少回！
多少回？……过去都压缩成一堆，
叫人不能分辨，日子是那么相类，
同样幸福的日子，这些孪生姊妹！

我可糊涂啦，是不是今天
出门时我忘记说"再见"？
还是这事情发生在许多年前，
其中间隔着许多变迁？

可是这带露台，这扇窗，
那里却这样静，没有声响，
没有可爱的影子，娇小的叫嚷，
只是寂寞，寂寞，伴着阳光。

而我的脚步为什么又这样累？
是否我肩上压着苦难的年岁，
压着沉哀，透渗到骨髓，
使我眼睛朦胧，心头消失了光辉？

为什么辛酸的感觉这样新鲜？
好像伤没有收口，苦味在舌间。
是一个归途的游想把我欺骗，
还是灾难的日月真横亘其间？

我不明白，是否一切都没改动，
却是我自己做了白日梦，
而一切都在那里，原封不动：
欢笑没有冰凝，幸福没有尘封？

或是那些真实的岁月，年代，
走得太快一点，赶上了现在，
回过头来瞧瞧，匆忙又退回来，
再陪我走几步，给我瞬间的欢快？

…………

    有人开了窗，
    有人开了门，
    走到露台上——
    一个陌生人。

生活，生活，漫漫无尽的苦路！
咽泪吞声，听自己疲倦的脚步：
遮断了魂梦的不仅是海和天，云和树，
无名的过客在往昔作了瞬间的踌躇。

一九四四年三月十日

载《华侨日报·文艺周刊》第七期，一九四四年三月十二日

示长女

记得那些幸福的日子！
女儿，记在你幼小的心灵：
你童年点缀着海鸟的彩翎，
贝壳的珠色，潮汐的清音，
山岚的苍翠，繁花的绣锦，
和爱你的父母的温存。

我们曾有一个安乐的家，
环绕着淙淙的泉水声，
冬天曝着太阳，夏天笼着清荫，
白天有朋友，晚上有恬静，
岁月在窗外流，不来打搅
屋里终年长驻的欢欣，
如果人家窥见我们在灯下谈笑，
就会觉得单为了这也值得过一生。

我们曾有一个临海的园子，
它给我们滋养的番茄和金笋，
你爸爸读倦了书去垦地，
你妈妈在太阳阴里缝纫，
你呢，你在草地上追彩蝶，

然后在温柔的怀里寻温柔的梦境。

人人说我们最快活，
也许因为我们生活过得蠢，
也许因为你妈妈温柔又美丽，
也许因为你爸爸诗句最清新。

可是，女儿，这幸福是短暂的，
一刹时都被云锁烟埋；
你记得我们的小园临大海，
从那里你们一去就不再回来，
从此我对着那迢遥的天涯，
松树下常常徘徊到暮霭。

那些绚烂的日子，像彩蝶，
现在枉费你摸索追寻，
我仿佛看见你从这间房
到那间，用小手挥逐阴影，
然后，缅想着天外的父亲，
把疲倦的头搁在小小的绣枕。

可是，记着那些幸福的日子，
女儿，记在你幼小的心灵：
你爸爸仍旧会来，像往日，
守护你的梦，守护你的醒。

一九四四年六月二十七日

载《华侨日报·文艺周刊》第十九期，一九四四年六月四日

在天晴了的时候

在天晴了的时候，
该到小径中去走走：
给雨润过的泥路，
一定是凉爽又温柔；
炫耀着新绿的小草，
已一下子洗净了尘垢；
不再胆怯的小白菊，
慢慢地抬起它们的头，
试试寒，试试暖，
然后一瓣瓣地绽透；
抖去水珠的凤蝶儿
在木叶间自在闲游，
把它的饰彩的智慧书页
曝着阳光一开一收。

到小径中去走走吧，
在天晴了的时候：
赤着脚，携着手，
踏着新泥，涉过溪流。

新阳推开了阴霾了，

溪水在温风中晕皱，

看山间移动的暗绿——

云的脚迹——它也在闲游。

一九四四年六月二日

载《华侨日报·文艺周刊》第十九期，一九四四年六月四日

赠 内

空白的诗帖，
幸福的年岁；
因为我苦涩的诗节
只为灾难树里程碑。

即使清丽的词华
也会消失它的光鲜，
恰如你鬓边憔悴的花
映着明媚的朱颜。

不如寂寂地过一世，
受着你光彩的熏沐，
一旦为后人说起时，
但叫人说往昔某人最幸福。

一九四四年六月九日

载《华侨日报·文艺周刊》第三十三期，一九四四年九月十日

萧红墓畔口占

走六小时寂寞的长途，
到你头边放一束红山茶，
我等待着，长夜漫漫，
你却卧听着海涛闲话。

一九四四年十一月二十日

载《华侨日报·文艺周刊》第三十三期，一九四四年九月十日

口　号

盟军的轰炸机来了，
看他们勇敢地飞翔，
向他们表示沉默的欢快，
但却永远不要惊慌。

看敌人四处钻，发抖：
盟军的轰炸机来了，
也许我们会碎骨粉身，
但总比死在敌人手上好。

我们需要冷静，坚忍，
离开兵营，工厂，船坞：
盟军的轰炸机来了，
叫敌人踏上死路。

苦难的岁月不会再迟延，
解放的好日子就快到，
你看带着这消息的
盟军的轰炸机来了。

一九四五年一月十六日香港大轰炸中

载《新生日报·新语》，一九四六年一月五日

偶　成

如果生命的春天重到，
古旧的凝冰都哗哗地解冻，
那时我会再看见灿烂的微笑，
再听见明朗的呼唤——这些迢遥的梦。

这些好东西都决不会消失，
因为一切好东西都永远存在，
它们只是像冰一样凝结，
而有一天会像花一样重开。

一九四五年五月三十一日

载《香港艺文》，一九四五年八月三十一日

集外佚诗 〉〉〉〉〉

流　水

在寂寞的黄昏里，
我听见流水嘹亮的言语：

"穿过暗黑的，暗黑的林，
流到那边去！
到升出赤色的太阳的海去！

"你，被践踏的草和被弃的花，
一同去，跟着我们的流一同去。

"冲过横在路头的顽强的石，
溅起来，溅起浪花来，
从它上面冲过去！

"泻过草地，泻过绿色的草地，
没有踌躇或是休止，
把握住你的意志。

"我们是各处的水流的集体，
从山间，从乡村，
从城市的沟渠……

我们是力的力。

"决了堤防，破了闸！
阻拦我们吗？
你会看见你的毁灭。……"

在一个寂寂的黄昏里，
我看见一切的流水，
在同一个方向中，
奔流到太阳的家乡去。

载《新文艺》第二卷第一号，一九三〇年三月

我们的小母亲

机械将完全地改变了，在未来的日子——
不是那可怖的汗和血的榨床，
不是驱向贫和死的恶魔的大车。
它将成为可爱的，温柔的，
而且仁慈的，我们的小母亲，
一个爱着自己的多数的孩子的，
用有力的，热爱的手臂，
紧抱着我们，抚爱着我们的
我们这一类人的小母亲。

是啊，我们将没有了恐慌，没有了憎恨，
我们将热烈地爱它，用我们多数的心。
我们不会觉得它是一个静默的铁的神秘，
在我们，它是有一颗充着慈爱的血的心的，
一个人间的孩子们的母亲。

于是，我们将劳动着，相爱着，
在我们的小母亲的怀里；
在我们的小母亲的怀里，
我们将互相了解，
更深切地互相了解……

而我们将骄傲地自庆着。

是啊，骄傲地，有一个
完全为我们的幸福操作着
慈爱地抚育着我们的小母亲，
我们的有力的铁的小母亲！

载《新文艺》第二卷第一号，一九三〇年三月十二日

昨　晚

我知道昨晚在我们出门的时候，

我们的房里一定有一次热闹的宴会，

那些常被我的宾客们当作没有灵魂的东西，

不用说，都是这宴会的佳客：

这事情我也能容易地觉出，

否则这房里决不会零乱，

不会这样氤氲着烟酒的气味。

它们现在是已经安分守己了，

但是扶着残醉的洋娃娃却眨着眼睛，

我知道她还会撒痴撒娇：

她的头发是那样地蓬乱，而舞衣又那样地皱，

一定的，昨晚她已被亲过了嘴。

那年老的时钟显然已喝得太多了，

他还渴睡着，而把他的职司忘记；

拖鞋已换了方向，易了地位，

他不安静地躺在床前，而横出榻下。

粉盒和香水瓶自然是最漂亮的娇客，

因为她们是从巴黎来的，

而且准跳过那时行的"黑底舞"；

还有那个龙钟的瓷佛，他的年岁比我们还大，

他听过我祖母的声音，又受过我父亲的爱抚，

他是慈爱的长者，他必然居过首席。

（他有着一颗什么心会和那些后生小子和谐？）

比较安静的恐怕只有那桌上的烟灰盂，

它是昨天刚在大路上来的，它是生客。

还有许许多多的有伟大的灵魂的小东西，

它们现在都已敛迹，而且又装得那样规矩，

它们现在是那样安静，但或许昨晚最会胡闹。

对于这些事物的放肆我倒并不嗔怪，

我不会发脾气，因为像我们一样，

它们在有一些的时候也应得狂欢痛快。

但是我不懂得它们为什么会胆小害怕我们，

我们不是严厉的主人，我们愿意它们同来！

这些我们已有过了许多证明，

如果去问我的荷兰烟斗，它便会讲给你听。

载《北斗》第一卷第二期，一九三一年十月

无　题[①]

我和世界之间是墙，

墙和我之间是灯，

灯和我之间是书，

书和我之间是——隔膜！

---

① 这首佚诗初刊于《诗歌报》1984 年 9 月 25 日。

诗论零札

关于《恶之华》掇英

关于波特莱尔和他的《恶之华》

波特莱尔（Charles Pierre Baudelaire，1821～1867），法国诗人，文艺批评家。生于巴黎。幼年丧父，随母改嫁。曾参加 1848 年巴黎工人武装起义。到过印度，晚年侨居比利时。生活放浪，由于酗酒和吸食鸦片，死在巴黎。主要作品有诗集《恶之华》（1857）、散文诗集《巴黎的忧郁》（1869）和《人为的天堂》（1860）、理论批评《美学管窥》（1868）和《浪漫主义艺术》。思想和创作受美国诗人爱伦·坡影响。是法国象征派诗歌的先驱，也是现代主义的创始人之一。

《恶之华》是波特莱尔的代表作，1857 年初版，以后多次重版。全书包括《理想和忧郁》、《巴黎的场景》、《酒》、《恶之华》、《反抗》和《死》六章。《恶之华》的"恶"字，法文原意不仅指恶劣与罪恶，也指疾病与痛苦。诗人自称他的诗篇为"病态之华"。《恶之华》歌唱醇酒、美人，强调官能陶醉，反映了诗人对现实生活不满、对客观世界绝望的反抗。

《〈恶之华〉掇英》直接自法文译出，共二十四首，占初版《恶之华》的十分之一。曾于 1947 年 3 月列入《怀正文艺丛书》由上海怀正文化社出版。

译后记

对于我，翻译波特莱尔的意义有这两点：

第一，这是一种试验，来看看波特莱尔的质地和精巧纯粹的形式，在转变成中文的时候，可以保存到怎样的程度。第二点是系附的，那就是顺便让我国的读者们能够看到一点他们听说了长久而见到得很少的，这位特殊的近代诗人的作品。

为了使波特莱尔的面目显示得更逼真一点，译者曾费了极大的，也许是白费的苦心。两国文字组织的不同和思想方式的歧异，往往使同时显示质地并再现形式的企图变成极端困难，而波特莱尔所给予我们的困难，又比其他外国诗人更难以克服。然而，当作试验便是不顾成败，只要译者曾经努力过，那就是了。显示质地的努力是更隐藏不露，再现形式的努力却较容易看得出来。把 alexandrin, déasyllabe, octosyllabe 译作十二言、十言、八言的诗句，把 rimes suivies, rimes croisées, rimes embrassées 都照原样押韵，也许是笨拙到可笑（波特莱尔的商籁体的韵法并不十分严格，在全集七十五首商籁体中，仅四十七首是照正规押韵的，所以译者在押韵上也自由一点）；韵律方面呢，因为单单顾着 pied 也已经煞费苦心，所以波特莱尔所常有的 rythme quaternaire, trimétre 便无可奈何地被忽略了，而代之以宽泛的平仄法，是否能收到类似的效果也还是疑问。这一些，译者是极希望各方面的指教的。在文字的理解上，译者亦不过尽其所能。误解和疏忽虽竭力避免，但谁知道能达到怎样的程度？

　　波特莱尔在中国是闻名已久的，但是作品译成中文的却少得很。散文诗 Le spleen de parris 有两种译本，都是从英文转译的，自然和原作有很大的距离；诗译出的极少，可读的更不多。可以令人满意的有梁宗岱、卞之琳、沈宝基三位先生的翻译（最近陈敬容女士也致力于此），可是一共也不过十余首。这部小书所包含的比较多一点，但也只有二十四首，仅当全诗十分之一。从这样少数的译作来欣赏一位作家，其所得是很有限的（因而从这一点作品去判断作者，当然更是不可能的事了），可是等着吧，总之译者这块砖头已经抛出来了。

　　对于指斥波特莱尔的作品含有"毒素"，以及忧虑他会给中国新诗以不良的影响等意见，文学史会给予更有根据的回答，而一种对于波特莱尔的更深更广的认识，也许会产生一种完全不同的见解。说他曾参加二月革命和编《公众幸福》这革命杂志，这样来替他辩解是不必要的，波特莱尔之存在，自有其时代和社会的理由在。至少，拿波特莱尔作为近代 classic 读，或是用更时行的说法，把他作为文学遗产来接受，总可以允许了吧。以一种固定的尺度去度量一切文学作品，无疑会到处找到"毒素"的，而在这种尺度之下，一切古典作品，从荷马开始，都可以废弃了。至于影响呢，波特莱尔可能给予的是多方面的，要看我们怎样接受。只要不是皮毛的模仿，能够从深度上接受他的影响，也许反而是可喜的吧。

译者所根据的本子是一九三三年巴黎 Edieions de cluny 出版的限定本（Lo Dantec 编校）。瓦雷里的《波特莱尔的位置》一文，很能帮助我们去了解波特莱尔，所以也译出来放在这小书的卷首。

一九四七年二月十八日

关于果尔蒙和他的《西茉纳集》

玄迷·特·果尔蒙（Gemy de Gourmont，1858～1915，又译古尔蒙），法国象征派诗人、象征派权威评论家之一。生于诺曼底省一贵族家庭。1883 年进巴黎国家图书馆工作。1890 年与友人勒纳尔等合办《法兰西信使》杂志。1891 年辞去图书馆职务。文学作品有诗歌《拙劣的祷词》（1900）、《西茉纳》（1901）、《卢森堡一夜》（1906）、《一颗童贞的心》（1907）等。主要成就在评论方面，如随笔《文学漫步》（1904～1913），论著《有关假面具的书——象征主义者肖像，关于昨天和今天的作家的评论和资料》（1896～1898）、《法语的美学》（1899）、《风格问题》（1907）等。学识渊博，文笔清丽隽永。

1886～1891 年前后是法国象征主义诗歌的昌盛时期，通称前期象征主义。二十世纪二十年代象征派诗歌在法国再度得到发展，称作后期象征主义。果尔蒙的文学活动横跨前后期象征主义流派的两个兴盛时期。

《西茉纳》是果尔蒙的一个小诗集。这里译的是这一小集的全部，共十一首。

关于道生和《道生诗集》

道生（Ernest Dowson〔Christopher〕，1867～1900，又译珰生，道森），十九世纪末英国颓废派诗人。1886 年入牛津大学，1888 年因父亲破产而辍学。他的家庭、恋爱和遭遇都不如意，生活颓废，最后贫病交加而死。他积极参加颓废派作家集团"吟诗俱乐部"。崇拜爱伦·坡、波特莱尔、魏尔伦和斯温朋。1891 年发表名诗《西纳拉，我以自己的方式忠于你》。他以《诗集》（1896）和《装饰集》（1899）出名。他的抒情诗音调优美，词句迷人。

《道生诗集》为戴望舒、杜衡合译，根据 Boni and liVeright 出版社 1919 年版的《道生诗集和装饰集》译出。据施蛰存先生说，现存的译诗抄本为杜衡抄写，一直保存在望舒箧中，当时无法出版。戴望舒逝世后，抄本由施老保存至今。由于抄本每首诗下未分别注明译者，所以多数诗都无法分辨是戴望舒的译文还是杜衡的译文，只有 *In Tempore Senectutis*、《烦怨》、《残滓》三首施老却清晰记得是戴望舒所译；然而毫无疑义地是望舒的译文远不止这三首，但还有哪些？现已无法断定。为了保存并全面了解戴望舒的诗歌译作，我们特商请施蛰存先生将抄本稍作整理，全部编入本集中。原书内容顺序是《诗集》、《片刻的比爱洛》、《装饰集》，现按诗体将顺序改为：《诗集》、《装饰集》、《片刻的比爱洛》。其中有《道生传略》及五首诗未曾翻译，本书只在目录页中保留了题目，译文阙如。

关于《西莱纳集》

译后记：

玄迷·特·果尔蒙（Gemy de Gourmont，1858～1915）是法国后期象征主义诗坛的领袖，他的诗有着绝端地微妙——心灵的微妙与感觉的微妙，他的诗情完全是呈给读者的神经，给微细到纤毫的感觉的，即使是无韵诗，但是读者会觉得每一篇中都有着很个性的音乐。

"西莱纳"是他的一个小集，虽然小，却是他的著名诗作。从前周作人曾以"西蒙尼"的题名译出数首，编在"陀螺"里。现在我不揣谫陋，把全部译过来，介绍给读者。

一九三二年七月二十日译者记

跋《西班牙抗战谣曲选》

又西班牙抗战谣曲 20 首，均从 1937 年马德里西班牙出版社刊行的《西班牙战争谣曲集》（*Romancero General De La Guerra De Espana*）译出。关于西班牙抗战的诗歌，译者所译的原不止此；可是，因为有的是从英法文转译的，有的是"诗"而不是"谣曲"（例如在《文艺阵地》发表的迦费亚思的《马德里》），为求这个集子的完整统一起见，都没有收集进去。

这里译作"谣曲"，原文作 romance，是西班牙的一种特别诗体，每句八音步，重音在第七音步上，逢双押韵，全首诗往往一韵到底，这便是它的形式上的特点。至于在内容方面，叙事和抒情都有。它是西班牙的"国民诗歌"，因为，虽则它不是最古的（最古的形式是 cantares），但却是最常用又是最普遍的，即在今日，"谣曲"也仍旧是民间诗歌中最得人采用的一种形式，原因是为了它裁体简易，而它的音律又极适合于人民的思想和音乐的水准。它是西班牙土地的声音，古旧，同时又永远地新鲜。

当西班牙陷于法西斯蒂的魔手，而英勇的人民起来抵抗的时候，正如它在十四五世纪临于摩尔人铁蹄下的时候一样，这古旧的声音又高响入云了。

在 1936 年，当法朗哥带着他的刽子手向马德里进军的时候，马德里的反法西斯知识者同盟出版了一种名为《青色工衣》（*Elmono Azul*）的杂志。这个杂志，由于西班牙大诗人阿尔倍谛（Rafael Alberti）的提议，特辟一栏来发表《谣曲》。一经提倡，各报章杂志也都竞相发表《谣曲》。后由"反法西斯知识者同盟"主干，诗人泊拉陀思编集，于 1937 年出版了这部《西班牙战争谣曲集》。由于无线电广播、戏剧、电影，以及街头歌人的协力，这些反法西斯的谣曲便广泛而深切地传遍了西班牙，甚至传到敌人的后方。赤手空拳的西班牙人民之所以能够抵抗法西斯恶党那么长久，那么《谣曲》该是出了不少宣传的力量吧。

《谣曲》的作者有许多都是西班牙当代的著名诗人，如阿尔倍谛本人、阿尔陀拉季雷（Manuel Altolaguirre）、伯拉陀思（Emilis Prados）、阿莱桑德雷（Vicente Aleixandre）等，但大多数的作者都是在抗战以前默默无闻的人；从农民到民军，从劳动者到自由职业者，这些"谣曲"的作者是从社会的各阶层来的。他们代表着西班牙全人民，他们的声音是西班牙人民的声音。

现在，西班牙争自由民主的波浪已被法西斯凶党压下去了，可是人民的声音是不会绝灭的，不论伪民主国家怎样支持着法西斯余孽法朗哥，爱自由的西班牙民众总有一天会再起来的。那时候，这些在农村、工场、牢狱中被低声哼着的谣曲，便又将高唱入云了。

译者于民歌很少研究，译时每不能得心应手，所能做到的仅仅是忠诚于西班牙原文而已。

载《华侨日报·文艺周刊》第八十七号，一九四八年十二月十二日

关于比也尔·核佛尔第《天上的破舟残片》

译后记：

比也尔·核佛尔第（Piepre Reverdy，1889～1960），法国现代新诗人。他受着诗人们的景仰，正如几十年前马拉美诗之受诗人们的景仰一样。苏保尔（Soupault）、勃勒东（Breton）和阿拉贡（Aragon）甚至宣称核是当代最伟大的诗人，别人和他比起来都只是孩子了。

比也尔·核佛尔第主张艺术不应该是现实的寄生虫，诗应该本身就是目的。他的诗一切都不是虚饰的。他用电影的手法写诗，他捉住那些不能捉住的东西：飞过的鸟，溜过的反光，不大听得清楚的转瞬即逝的声音；他把它们联系起来，杂乱地排列起来，而成了别人所写不出来的诗。

他最初发表他的诗的时候是 1915 年，那时他是二十六岁，到现在他的诗集有十余种。他也写小说、批评文，但总没有他的诗有名。

这里所译的五首，是从他的 1915 年出版的"散文诗"及 1924 年出版的《天上的破舟残片》中译出来的。

关于贝德罗·沙里纳思

译后记：

贝德罗·沙里纳思（Pedro Salinas）于 1893 年 11 月 27 日生于马德里。他曾在中央大学的法科和文哲科肄业。于 1917 年得文学博士学位。在 1918 年，他在塞维拉大学任西班牙语言文学教授，以后，又在摩尔西亚大学讲授西班牙语言文学。从 1914 年至 1917 年，他在巴黎大学文科担任西班牙文讲师之职；1922 年至 1923 年，他又在剑桥大学做讲师。现在，他是桑当德尔（Santander）的玛格达莱拿国际暑期大学的秘书长。在一年中其余的时候，他住在马德里，担任中央语言学校的教授之职。

除了他所熟识的国家法国和英国以外，他旅行过差不多全部中欧和南欧，并在这些国家的大学中讲学。他经常的住处是马德里。在塞维拉他居留了八年——这给予了他很深的影响。有时他是在那熟稔的莱房德（Levante），有时他远游到北非洲去。他已结了婚。

他的艺术家之禀赋启发得很早，可是作品却发表得很迟。他常常在《西班牙》上撰稿（1915），后来又常在《笔志》（La Pluma）上执笔。此外，他又是一位很好的文学史家。

他的诗集有《占兆》（Presagios，1923），《可靠的偶然》（Seguso Ager，1929），《寓言和符号》（Fábulay Signo，1931），《悬空的恋爱》（Amor en Vilo，1933），《得之于你的声音》（La voz a ti Clebida，1934）。

散文有《享乐的晚祷》（Vispera del Gozo，1926）。

其他著述有《熙德诗篇》（Poema del Cid）的今文译本（1925），《梅兰代思·伐尔台思之诗歌》（Poesias de Melendez Voldés）之注释本（1926），以及缪塞、梅里

147

美、泊罗思特、孟戴尔朗等法国作家的著作的译本。

他对于诗的意见："诗存在或不存在，这便是一切。如果它是存在的，那么它便带着那样的当然性，那样的主尊和不顾一切的安堵性而存在着，以至我觉得任何防御都是不必要的了。它的微妙，它的绝端的细致，便是它的伟大而无敌的具体，它的抵抗和它的胜利。因此我认为诗是本质地不必防御的东西。而且，正确地连带说来，它显然是本质地不可攻击的。诗惟有自己解释；否则它就不能解释。对于一篇诗的一切注解，都是对于它周围的那些分子而发的：作风，文字情感，愿望，但却不是对于诗本身。诗是一种对于'绝对'的冒险。它到达得近一点或远一点，它路走得多一点或少一点；如此而已。应该一任冒险自然行进，带着危险或然性，以及一掷的这整个的美。'uh coup dedés jamais n'abolira le hasard'我的意思并不是说诗并不知道它所愿意的东西；一切诗都多少知道它自己所愿意的是什么；可是它不知道它所为自己做的东西的全部。甚于在虚无之中，在诗里应该用这种潜伏而神秘的，积聚在字眼中，在下面，用字眼装着，包容在内，但却有爆发性的力量说着。应该特别用 Le malentendu 这个表现之最高的形式去说。当一首诗写好了的时候，它便结束，但并非完成了；它开始，它在它自身中，在作者那里，在读者那里，在沉默中找寻另一首诗。有许多时候，一首诗向它自己启示，很快地在它自己的内部发现一种料想不到的用意。辉煌，整个辉煌。这和明洁是不可同日而语的——诗的那么许多了不起的读者们所愿望的这明洁。在诗中，我特别重视真。其次是美。然后是才智。我称例如华尔特·赛味祺·兰陀（Walter Savage Landor）是才智的诗人。我称例如公高拉（Góngora）、马拉尔美（Mauarmé）是美的诗人。我称例如圣·黄·德·拉·克鲁思（San juan de la Cruz）、歌德、黄·拉蒙·西美奈思（Juan Ramón Jiménez）是真的诗人。我认为对于诗和诗人们相对价值之一切论争都是全然无用的。一切诗都是无匹的，唯一的，像光或沙粒一样。

"我的诗是由我的诗解释的。我从来也不知道用别的方法去解释它，我也未作此想过。我还要写更多的诗这个思想之所以使我高兴者，正就是为了继续向我自己解释我的诗的这个趣味。可是我老是有把握地相信，我永远不会写出那全部解释出整个和一切之终结的诗的诗来。这便是说，我有着这个最切确的希望：永远对于不可解者施行着手术。这便是我的谦卑。"

　　这里选译的几首诗，《无题》译自《占兆集》（1923 年马德里 León Sanchez Cuesta 书店版）、《海岸》、*Far West*，《物质之赐》译自《可靠的偶然集》（1929 年马德里西方杂志社版）、《夜之光》和《更远的询问》译自《寓言和符号集》（1931 年马德里 Plutarco 书店版）。

关于狄戈

译后记：

狄戈自传："我在 1896 年 10 月 3 日生于桑当德尔，于德伍斯多（比尔巴奥）从耶稣会士学哲学和文学，在沙拉芝加大学及马德里大学获得文学硕士学位。从 1920 年起，任国立中学教授，讲授文学，在索里亚者二年，在希洪者八年，在桑当德尔者一年。现在（1934 年）在马德里国立维拉思葛斯中学任讲师。

"到过差不多西班牙全国，巴黎和德国的几个角隅。在 1918 年，旅行过阿根廷共和国和乌拉圭。在西班牙和美洲的许多城市中，我做过好多关于诗歌、文学和音乐的演讲。我未尝是一个早熟的作家。我的开始是再光彩也没有了，因为在获得了加力哈出版社所颁发给我的教育文学奖金之后，接着我就在 1918 年在同一出版社出版的《一般杂志》上写文章，侧身于荷马、爱斯基罗、莎士比亚、拉西纳、狄思加奈陀和莫雷诺·维拉之间了。就在这一年中，我开始尝试写诗。由于我的《人间的诗》，我和阿尔倍谛两人分得了 1924 年至 1925 年的国家文学奖金。

"我相信使我的趣味和我的诗受影响的，是几位古典作家，特别是那位我所崇拜的洛贝，在我的同时代的作家之间，是智利人维生德·乌伊道勃罗和那从比尔巴奥的时代起就和我成为知己的胡昂·拉雷阿。对于我的诗成长也有影响的，是我对于大自然，对于绘画，特别是对于音乐的爱好。"

他的诗见："我曾经在演讲中、论文中和著述中，繁长地陈述过我的往时和现在的诗的信条。这里我只把我的诗的新定义集合一起，按着诗神的数目列成九条：

一、诗是'是'和'否'：他本身之中是'是'，而我们之中是'否'。那从她之中排除出来的东西——我知道是什么——托生于整个赝伪和矫作的族系之中，

150

托生于文学的魔鬼之中，所以只有它是诗的反叛而污秽的坠落天神。

二、诗是自北至南——想象——知识，自东至西——感觉——爱的十字路。

三、诗不是代数，她是数学，纯粹的数学。代数是哲学。文学至多是应用数学，商业数学，会议学。

四、诗是凭借着祈祷，爱的流溢，想象的自由创意或纯哲理的思想的，用语言的创造。

五、从生活史上说来，诗是从阿尔岂美代思这话里得到她的原始：'诗是那自动地占据着人类具体热情的一个体积——差不多整个灵魂——所让出的空间的，相等的精神切望的体积。'

六、诗是人的神明光耀的影子。没有人，她不会存在，然而，她却导引着他，而且可说启发着他。

七、诗发着闪电，而诗人仍然把那惊骇的雷拿在手里——他的炫目的震响的诗章。

八、诗为诗人而存在于一切之中，只除了他自己的诗句。这是那永远过于迅速地达到定点的不可见的爱之追求者。在一切诗章中，诗'曾经存在'，但现在已不存在了。我们感到她的不在的新近的热气，和她的赤裸的肉体的湿的模塑。

九、相信我们所没有看见过的东西，据说那就是信仰。创造我们永不会看见的东西，这就是诗。"

他的诗集有：《恋人的谣曲集》（1920），《意象集》（1922），《索里亚集》（1923），《水沫手册》（1924），《人间的诗》（1925），《苦路》（1931），《爱克斯和赛特的故事》（1932），《特意的诗篇》（1932）。

诗选和散文有：《乌比拿伊沙佩儿女士之死的牧歌》（1924），《龚高拉纪念诗选》（1927），《西班牙现代诗选》（1932），《重编西班牙现代诗选》（1934）。

他还创办了一种诗的小杂志：《加尔曼》，虽则只出了七期，但在西班牙现代诗坛中，却有其很重要的地位。

关于阿尔倍谛

译后记：

阿尔倍谛（Ratael Alberti）自传："我在 1902 年 12 月 16 日生于圣玛丽港（加第斯）的一个信奉天主教的有产家庭中。在本港的耶稣会士中学中读到三年级，像费囊陀·维拉龙（Fernando Villalon）和黄·拉蒙·西美奈思（Juan Ramon Jimenez）在他们的时代一样。加第斯海港的风景和那些早年，对于我的全部作品起着很深的影响。

……

1917 年我的家庭移到马德里以后，我便弃学士学位而学画。在 1922 年，我在阿德奈奥（Ateneo）开了一个展览会。不久之后，因为健康的关系，我不得不住到瓜达拉马和路德山间去，而在那里写了我最初的诗。这些诗集成一个题名为《地上的水手》的集子，得到了国家文学奖金（1924 ~ 1925）。我什么职业也没有，那就是说：我仅仅是诗人。我到过差不多全西班牙各地，在 1931 年，得到广学会（Funta de Ampliacion de Estudios）的资助，我到过法兰西和德意志。我和内人一起漫游欧洲大部分国家，并在苏联居留了三个月。现在我住在马德里。"

他的著作：诗集有《地上的水手》（*Marinero en Tierra*，1925），《恋女》（*La Amante*，1926），《洛阳花的黎明》（*El Alba de Alheli*，1927），《石灰与沙石》（*Cal V Canto*，1929），《天使论》（*Sobre los Angeles*，1929），《对于圣母的两篇祷辞》（*Dos oracionesta Virgen*，1931），《门禁》（*Consignas*，1933），《一个幽灵漫游欧罗》（*Un Fantasma Recorre Europa*，1933）。戏曲有《费尔明·加朗》（*Fermin Galan*，

1931），《脱掉衣服的人》（*El Hombre Deshahitado*，1931）等。

　　译者附记：《盗贼》自《地上的水手》译出，《什么人》自《洛阳花的黎明》译出，《邀赴青空》和《数字的天使》自《天使论》译出。

载《诗志》第一卷第二期，一九三七年一月

关于马努爱尔·阿尔陀拉季雷

一 他的生活

马努爱尔·阿尔陀拉季雷（Manuel Altolaguirre）于 1905 年 6 月 29 日生于马拉加(Málaga)。法学硕士。旅行过法兰西、比利时、瑞士。1930 年至 1931 年，他留居在巴黎。他是一位极好的印刷家，他亲自刊印他的书籍和杂志。在 1927 年至 1929 年，他和诗人伯拉陀思（Pradas）一起创《滨海》（*Litoral*）杂志和出版部，接着在马德里独立创办《诗志》（*Poesia*），后来又和龚姹·曼黛思（Concha Méndes）合办《英雄》（*Heroe*），最近始废刊。

二 他的自白

"在我有生以来这二十八年中我做了些什么呢？我极愿意获得它们，记起一切，甚至我的不幸，因为它是我的。我一向过着闭户的生活……如果我不像世人一样地生活在四壁之间，却像那有着完全的生涯而无时间的天使一样，鸟儿一样地生活在空中，那么我便会什么都记得。我失去了母亲，死了一个儿子。我已娶了妻。我旅行过欧洲并特别在马拉加（我是在那里生的）、马德里（我是在那里结婚的）、巴黎和伦敦居住过。我不得不从事于我所不喜好的东西：打字术、法学、新闻学、语言……并从事于我所喜好的事：我是我小小的印刷所的工匠。我信仰上帝，因此他是存在的（我是在耶稣教士那儿受教育的）。"

三 他的著作

诗集有《受邀的岛》（*Las lslao lnuitadas*，1926），《例子》（*Exemplo*，1927），《惩戒》（*Eslarmlent*，1930），《诗的生活》（*Vida Poetica*，1930），《不可见者》（*La*

154

lnvisible，1930)，《一天》(*Un Dia*，1931)，《爱》(*Amor*，1931)，《邻近的寂寞》(*Soledades Juntas*，1931)，《迟缓的自由》(*La Benta Libertad*，1933) 等。

戏曲有《完全无缺的生活》(*Vidas Completas*)，《两种民众之间》，《如果你愿意就责罚我吧》(*Castigadme*，*si Guereis*) 等，均未刊。

杂著有《西班牙浪漫诗选》(*Antologia de la Poesia Romantila Espanola*，1932)，《加诗西拉梭·德·拉·维加传》(*Garcilaso de la Vega*，1933) 等，其余作品散见于各大杂志。

四 他对于诗的意见

"正和任何在恋爱的表现一样，诗可以是一种希望和一种创造，而诗人呢，正和任何在恋爱中的人一样，需要睁大了眼睛看生活，因为它是最好的诗神，这样他终于会实现了他的作品。

"我的诗所受的主要的影响是黄·拉蒙·西美奈思 (Juan Ramon Jimenez) 的诗，我的诗支持着路易思·德·龚高拉 (Luis de Gongara) 的诗，我的诗显得是贝德罗·沙里纳思 (Pedro Salines) 的诗的小弟。此外，爱密留·伯拉陀思 (Emilio Pradas)、维山德·阿莱克桑德雷 (Vicente Aleixandre) 和路易思·赛尔奴达 (Luis Cernuda) 对于我的文学和为人的修养都有直接的影响……还有可以作为那存在于诗和生活间的联合的最好的证据的是我的妻子龚姹·曼黛思 (Concha Méndes)，这位使我起无限的敬意的女诗人，她是一切活动的参议和刺戟。"

载《新诗》第一卷第六期，一九三七年三月

155

诗论零札①

一

诗不能借重音乐，它应该去了音乐的成分。

二

诗不能借重绘画的长处。

三

单是美的字眼的组合不是诗的特点。

四

象征派的人们说："大自然是被淫过一千次的娼妇。"但是新的娼妇安知不会被淫过一万次。被淫的次数是没有关系的，我们要有新的淫具，新的淫法。

---

① 本组诗论共 17 条。编入《望舒诗稿》时，删去第 4 条，为 16 条。

五

诗的韵律不在字的抑扬顿挫上，而在诗的情绪的抑扬顿挫上，即在诗情的程度上。

六

新诗最重要的是诗情上的 nuance 而不是字句上的 nuanced①。

七

韵和整齐的字句会妨碍诗情，或使诗情成为畸形的。倘把诗的情绪去适应呆滞的，表面的旧规律，就和把自己的足去穿别人的鞋子一样。愚劣的人们削足适履，比较聪明一点的人选择较合脚的鞋子，但是智者却为自己制最合自己的脚的鞋子。

八

诗不是某一个官感的享乐，而是全官感或超官感的东西。

九

新的诗应该有新的情绪和表现这情绪的形式。所谓形式，决非表面上的字的排列，也决非新的字眼的堆积。

---

① 收入《望舒诗稿》时，删去句首"新"字。nuance，法文，意为细微的差异。

十

不必一定拿新的事物来做题材（我不反对拿新的事物来做题材），旧的事物中也能找到新的诗情。

十一

旧的古典的应用是无可反对的，在它给予我们一个新情绪的时候。

十二

不应该有只是炫奇的装饰癖，那是不永存的。

十三

诗应该有自己的 originalité^①，但你须使它有 cosmopolité^②性，两者不能缺一。

十四

诗是由真实经过想象而出来的，不单是真实，亦不单是想象。

十五

诗应当将自己的情绪表现出来，而使人感到一种东西，诗本身就像是一个生

---

① originalité，法文，意为特征。
② cosmopolité，法文，意为普遍。《望舒诗稿》中 cosmopolité 改作 universel（法文，普遍的意思）。

物，不是无生物。

十六

情绪不是用摄影机摄出来的，它应当用巧妙的笔触描出来。这种笔触又须是活的，千变万化的。

十七

只在用某一种文字写来，某一国人读了感到好的诗，实际上不是诗，那最多是文字的魔术。真的诗的好处并不就是文字的长处。

《现代》编者缀言：戴望舒先生本来答应替这一期《现代》写一篇关于诗的理论文章，但终于因为他正急于赴法，无暇执笔。在他动身的前夜，我从他的随记手册中抄取了以上这些断片，以介绍给读者。想注意他的诗的读者，一定对于他这初次发表的诗论，会得感受些好味道的。

载《现代》第二卷第一期，一九三二年十一月

谈林庚的诗见和"四行诗"

关于"四行诗",林庚先生已写过许多篇文章了,如他在《关于北平情歌》一文中所举出的什么是自由诗,《关于四行诗》,《无题之秋》序,《诗的韵律》,《诗与自由诗》等,以及这最近的《关于北平情歌》。一位对于自己的诗有这样许多话说的诗人是幸福的,因为如果他没有说教者的勇气(但我们已看见一两位小信徒了),他至少是有狂信者的精神的。不幸这些文章我都没有机缘看到,而在总括这几篇文章之要义的《关于北平情歌》中,我又不能得到一个林先生的主张之正确的体系。

第一,林先生以为自由诗和韵律诗的分别,只是"姿态"上的不同(提到他的"四行诗"的时候,他又说是"风格"的不同,而"姿态"和"风格"这两个不大切合的辞语,也就有着"不同"之处了),而说前者是"紧张惊警",后者是"从容自然"。关于这一点,我们不知道林先生的论据之点是什么?是从诗人写作时的态度说呢,还是从诗本身所表现的东西?如果就诗人写作时的态度说呢,则韵律诗也有急就之章,自由诗也有经过了长久的推敲才写出来的。如果就诗本身所表现的东西来说呢,则我们所碰到的例子,又往往和林先生所说的相反。如我的大部分的诗作,可以加之以"紧张惊警"这四个绝不相称的形容词吗?郭沫若、王独清的大部分的诗,甚至那些口号式的"革命诗"(这些都不是"四行诗"。然而都是音调铿锵的韵律诗),我们能说它们是"从容自然"的吗?

我的意思是,自由诗与韵律诗(如果我们一定要把它们分开的话)之分别,在于自由诗是不乞援于一般意义的音乐的纯诗(昂德莱·纪德有一句话,很可以阐明我的意思,虽则他其他的诗的见解我不能同意;他说,"……句子的韵律,绝对不是在于只由铿锵的字眼之连续所形成的外表和浮面,但它却是依着那被一种

160

微妙的交互关系所合着调子的思想之曲线而起着波纹的")。而韵律诗则是一般意义的音乐成分和诗的成分并重的混合体(有些人竟把前一个成分看得更重)。至于自由诗和韵律诗这两者之属是属非,以及我们应该何舍何从,这是一个更复杂而只有历史能够解决的问题。关于这方面,我现在不愿多说一句话。

其次是关于林庚先生的"四行诗"是否是现代的诗这个问题。在这一方面,我和钱献之先生和另一些人同意,都得到一个否定的结论。从林庚先生的"四行诗"中所放射出来的,是一种古诗的氛围气,而这种古诗的氛围气,又绝对没有被"人力车"、"马路"等现在的骚音所破坏了。约半世纪以前拮扯新名词以自表异的诗人们夏曾佑、谭嗣同、黄公度等辈,仍然是旧诗人;林庚先生是比他们更进一步,他并不只拮扯一些现代的字眼,却拮扯一些古已有之的境界,衣之以有韵律的现代语。所以,从表面上看来,林庚先生的"四行诗"是崭新的新诗,但到它的深处去探测,我们就可以看出它的古旧的基础了。现代的诗歌之所以与旧诗词不同者,是在于它们的形式,更在于它们的内容。结构、字汇、表现方式、语法等等是属于前者的;题材、情感、思想等等是属于后者的;这两者和时代之完全的调和之下的诗才是新诗。而林庚的"四行诗"却并不如此,他只是拿白话写着古诗而已。林庚先生在他的《关于北平情歌》中自己也说:"至于何以我们今日不即写七言五言,则纯是白话的关系,因为白话不适合于七言五言。"从这话看来,林庚先生原也不过想用白话去发表一点古意而已。

这里,我应该补说:古诗和新诗也有着共同之一点的。那就是永远不会变价值的"诗之精髓"。那维护着古人之诗使不为岁月所斫伤的,那支撑着今人之诗使生长起来的,便是它。它以不同的姿态存在于古人和今人的诗中,多一点或少一点;它像是一个生物,渐渐地长大起来。所以在今日不把握它的现在而取它的往昔,实在是一种年代错误(关于这"诗的精髓",以后有机会我想再多多发挥一下)。

现在,为给"林庚的四行诗是否是白话的古诗"这个问题提出一些证例起见,我们可以如此办:

一、取一些古人的诗,将它们译成林庚式的四行诗,看它们像不像是林庚先生的诗;

二、取一些林庚先生的四行诗,将它们译成古体诗,看它们像不像是古人

161

的诗。

我们先举出第一类的例子来，请先看译文。

日　日

春光与日光争斗着每一天
杏花吐香在山城的斜坡间
什么时候闲着闲着的心绪
得及上百尺千尺的游丝线　　　　　　　（译文一）

这是从李义山的集子里找出来的，但是如果编入《北平情歌》中，恐怕就很少有人看得出这不是林庚先生的作品吧。原文是：

日日春光斗日光
山城斜路杏花香
几时心绪浑无事
及得游丝百尺长　　　　　　　　　　　（原文一）

我们再来看近人的一首不大高明的七绝的译文：

离　家

江上海上世上飘的尘埃
在家人倒过出家人生涯
秋烟已远了的蓼花渡口
逍遥的鸥鸟的心在天外　　　　　　　　（译文二）

这是从最新寄赠新诗社的一本很坏的旧诗集《豁心集》（沉迹著）中取出来的。原文如下：

江海飘零寄世尘

162

在家人似出家人

蓼花渡口秋烟远

一点闲鸥天地心 （原文二）

这种滥调的旧诗：在译为白话后放在《北平情歌》中，并不会是最坏的一首。因此我们可以说，把古体诗译成林庚先生的"四行诗"是既容易又讨好。

现在，我们来举第二类的例子吧。这里是不脱前人窠臼的两首七绝和一首七律。

偶　得

春愁恰似江南岸

水满桥头渐觉时

孤云一朵闲花草

簪上青青游子衣 （译文三）

古　城

西风吹得秋云散

断梦荒城不易寻

瓦上青天无限远

宵来寒意恨当深 （译文四）

爱之曲

黄昏斜落到朱门

应有行人惜旅人

车去无风经小巷

冬来有梦过高城

街头人影知难久

墙上消痕不再逢

回首青山与白水

163

载将一日倦行程　　　　　　　　　　　　（译文五）

　　这三首诗是从《北平情歌》中译出来的：《偶得》见第三十三页，《古城》见第六十一页，《爱之曲》见第六十七页，译文和原文并没有很大的差异（第三首第四句改变了一点），最后一首，连韵也是步原作的。我们看原文吧。

　　　　春天的寂寞像江南草岸
　　　　桥边渐觉得江水又高涨
　　　　孤云如一朵人间的野花
　　　　便落在游子青青衣襟上　　　　　　（《偶得》）

　　　　西北风吹散了秋深一片云
　　　　古城中的梦寐一散更难寻
　　　　屋背上蓝天时悠悠无限意
　　　　黄昏来的冻意惆怅已无穷　　　　　（《古城》）

　　　　都市里的黄昏斜落到朱门
　　　　应有着行人们怜惜着行人
　　　　小巷的独轮车无风轻走过
　　　　冬天来的寒意天蓝过高城
　　　　街头的人影子拖长不多久
　　　　红墙上的幻灭何处再相逢
　　　　回头时满眼的青山与白水
　　　　已记下了惆怅一日的行程　　　　　（《爱之曲》）

　　这就证明了把林庚先生的"四行诗"译成古体诗也是并不困难而且颇能神似的。
　　这些所证明的是什么呢？它们证明了林庚先生并没有带了什么东西给现代的新诗；反之，旧诗倒给了林庚先生许多帮助。从前人有旧瓶装新酒的话，"四行诗"

164

的情形倒是新瓶装旧酒了；而这新瓶实际也只是经过了一次洗刷的旧瓶而已。

在许多新诗人之间，林庚先生是一位有才能的诗人，《夜》和《春野与窗》曾给过我们一些远大的希望，可是他现在却多少给与我们一些幻灭了。听说林庚先生也常常写"绝句"（见英译《中国现代诗选》）。那么或者他还没有脱出那古旧的桎梏吧。在采用了这"四行诗"的时候，林庚先生就好像走进了一个大森林中一样，他好像可以四通八达，无所不至，然而他终于会迷失在里面。

而且林庚先生所提创的"四行诗"，还会生一个很坏的影响，那就是鼓励起一些虚荣的青年去做那些类似抄袭的行为，大量地产生一些拿古体诗来改头换面的新诗，而实际上我们的确也陆续看到了几个这一类的例子了。

载《新诗》第一卷第二期，一九三六年十二月

诗论零札①

竹头木屑，牛溲马勃，运用得法，可成为诗，否则仍是一堆弃之不足惜的废物。罗绮锦绣，贝玉金珠，运用得法，亦可成为诗，否则还是一些徒炫眼目的不成器的杂碎。

诗的存在在于它的组织。在这里，竹头木屑，牛溲马勃，和罗绮锦绣，贝玉金珠，其价值是同等的。

批评别人的诗说"如七宝楼台，炫人眼目，拆碎下来，不成片段"，是一种不成理之论。问题不是在于拆碎下来成不成片段，却是在搭起来是不是一座七宝楼台。

西子捧心，人皆曰美，东施效颦，见者掩面。西子之所以美，东施之所以丑的，并不是捧心或眉颦，而是他们本质上美丑。本质上美的，荆钗布裙不能掩。本质上丑的，珠衫翠袖不能饰。

诗也是如此，它的佳劣不在形式而在内容。有"诗"的诗，虽以佶屈聱牙的文字写来也是诗；没有"诗"的诗，虽韵律齐整音节铿锵，仍然不是诗。只有乡愚才会把穿了彩衣的丑妇当作美人。

说"诗不能翻译"是一个通常的错误。只有坏诗一经翻译才失去一切，因为实际它并没有"诗"包含在内，而只是字眼和声音的炫弄，只是渣滓。真正的诗在任何语言的翻译中都永远保持着它的价值。而这价值，不但是地域，就是时间

---

① 本组诗论原载 1944 年 2 月 6 日香港《华侨日报》"文艺"周刊第 2 期。

也不能损坏的。

翻译可以说是诗的试金石，诗的滤罗。

不用说，我是指并不歪曲原作的翻译。

韵律齐整论者说：有了好的内容而加上"完整的"形式，诗始达于完美之境。

此说听上去好像有点道理，仔细想想，就觉得大谬。诗情是千变万化的，不是仅仅几套形式和韵律的制服所能衣蔽。以为思想应该穿衣裳已经是专断之论了（梵乐希：《文学》），何况主张不论肥瘦高矮，都应该一律穿上一定尺寸的制服？

所谓"完整"并不应该就是"与其他相同"。每一首诗应该有它自己固有的"完整"，即不能移植的它自己固有的形式，固有韵律。

米尔顿说，韵是野蛮人的创造；但是，一般意义的"韵律"，也不过是半开化人的产物而已。仅仅非难韵实乃五十步笑百步之见。

诗的韵律不应只有肤浅的存在。它不应存在于文字的音韵抑扬这表面，而应存在于诗情的抑扬顿挫这内里。

在这一方面，昂德莱·纪德提出过这更正确的意见："语辞的韵律不应是表面的、矫饰的，只在于铿锵的语言的继承；它应该随着那由一种微妙的起承转合所按拍着的，思想的曲线而波动着。"

定理：

音乐：以音和时间来表现的情绪的和谐。

绘画：以线条和色彩来表现的情绪的和谐。

舞蹈：以动作来表现的情绪的和谐。

诗：以文字来表现的情绪的和谐。

对于我，音乐、绘画、舞蹈等等，都是同义字，因为它们所要表现的是同一的东西。

把不是"诗"的成分从诗里放逐出去。所谓不是"诗"的成分，我的意思是

167

说，在组织起来时对于诗并非必需的东西。例如通常认为美丽的词藻，铿锵的韵音等等。

　　并不是反对这些词藻、音韵本身。只当它们对于"诗"并非必需，或妨碍"诗"的时候，才应该驱除它们。

　　　　　　　　　载《华侨日报·文艺周刊》，一九四四年二月六日

《望舒草》序①

杜　衡

望舒在未去国之前曾经叫我替他底《望舒草》写一篇序文，我当时没有想到写这篇序文的难处，也就模模糊糊地答应了，一向没有动笔是不用说。这其间，望舒曾经把诗稿全部随身带到国外，又从国外相当删改了一些寄回来，屈指一算，足足有一年的时间轻快地过去了。望舒为诗，有时苦思终日，不名只字，有时诗思一到，摇笔可成，我却素来惯于机械式地写克期交卷的文章。只有这一回，《望舒草》出版在即，催迫得我不能不把一年前许下的愿心来还清的时候，却还经过几天的踟蹰都不敢下笔。我一时只想起了望舒诗里有过这样的句子："假如有人问我烦忧的原故，我不敢说出你的名字。"（《烦忧》）因而他底诗是"由真实经过想象而出来的，不单是真实，亦不单是想象"。（《零札》十四）他这样谨慎着把他底诗里的"真实"巧妙地隐藏在"想象"底屏障里。假如说，这篇序文底目的是在于使读者更深一步地了解我们底作者，那么作者所不"敢"说的真实，要是连写序文的人自己都未能参详，固然无从说起，即使有幸地因朋友关系而知道一二，也何尝敢于道作者所不敢道？写这篇序文的精力大概不免要白费吧。

可是，"不单是真实，亦不单是想象"，这句话倒的确是望舒诗底唯一的真实了。它包含着望舒底整个做诗的态度，以及对于诗的见解。抱这种见解的，在近年来国内诗坛上很难找到类似的例子。它差不多成为一个特点。这一个特点，是从望舒开始写诗的时候起，一贯地发展下来的。

① 杜衡的这篇序言是研究戴望舒早期诗作的重要资料，为众多学者所经常引用。

记得他开始写新诗大概是在 1922 到 1924 那两年之间。在年轻的时候谁都是诗人，那时候朋友们做这种尝试的，也不单是望舒一个，还有蛰存，还有我自己。那时候，我们差不多把诗当做另外一种人生，一种不敢轻易公开于俗世的人生。我们可以说是偷偷地写着，秘不示人，三个人偶尔交换一看，也不愿对方当面高声朗诵，而且往往很吝惜地立刻就收回去。一个人在梦里泄漏自己底潜意识，在诗作里泄漏隐秘的灵魂，然而也只是像梦一般地朦胧的。从这种情境，我们体味到诗是一种吞吞吐吐的东西，术语地来说，它底动机是在于表现自己与隐藏自己之间。

望舒至今还是这样。他厌恶别人当面翻阅他底诗集，让人把自己底作品拿到大庭广众之下去宣读更是办不到。这种癖性也许会妨碍他，使他不可能做成什么"未冠的月桂诗人"，然而这正是望舒。

当时通行着一种自我表现的说法，做诗通行狂叫，通行直说，以坦白奔放为标榜。我们对于这种倾向私心里反叛着。记得有一次，记不清是跟蛰存，还是跟望舒，还是跟旁的朋友谈起，说诗如果真是赤裸裸的本能底流露，那么野猫叫春应该算是最好的诗了。我们相顾一笑，初不以这话为郑重，然而过后一想，倒也并不是完全没有道理的。

在写诗的态度方面，我们很早就跟望舒日后才凝固下来的见解隐隐相合了，但是形式方面，却是一个完全的背驰。望舒日后虽然主张"诗不能借重音乐"，"诗的韵律不在字的抑扬顿挫上"，"韵和整齐的字句会妨碍诗情，或使诗情成为畸形的"。(《零札》一、五、七)，可是在当时我们却谁都一样，一致地追求着音律的美，努力使新诗成为跟旧诗一样地可"吟"的东西。押韵是当然的，甚至还讲究平仄声。譬如，随便举个例来说，"灿烂的樱花丛里"这几个字可以剖为三节，每节的后一字，即"烂"字，"花"字，"里"字，应该平仄相间，才能上口，"的"字是可以不算在内的，它底性质跟曲子里所谓"衬字"完全一样。这是我们底韵律之大概，谁都极少触犯；偶一触犯，即如把前举例子里的"丛里"的"里"改成"中"字，则几个同声字连在一起，就认为不能"吟"了。

望舒在这个时期内的作品曾经在他底第一个集子《我底记忆》中题名为《旧锦囊》的那一辑里选存了一部分；这次《望舒草》编定，却因为跟全集形式上不调和的原故（也可以说是跟他后来的主张不适合的原故），而完全删去。实际上，

170

他在那个时候所作，倒也并不是全然没有被保留的价值的。

固定着一个样式写，习久生厌；而且我们也的确感觉到刻意求音节的美，有时候倒还不如老实去吟旧诗。我个人写诗的兴致渐渐地淡下去，蛰存也非常少作，只有望舒却还继续辛苦地寻求着，并且试验着各种新的形式。这些作品有一部分随写随废，也许连望舒自己都没有保留下来；就是保留的一部分，也因为是别体而从来未经编集。

1925 到 1926，望舒学习法文；他直接地读了 Verlaine, Fort, Gourmont, Jarnmes[①] 诸人底作品，而这些人底作品当然也影响他。本来，他所看到而且曾经爱好过的诗派也不单是法国底象征诗人；而象征诗人之所以会对他有特殊的吸引力，却可说是为了那种特殊的手法恰巧合乎他底既不是隐藏自己，也不是表现自己的那种写诗的动机的原故。同时，象征诗派底独特的音节也曾使他感到莫大的兴味，使他以后不再斤斤于被中国旧诗词所笼罩住的平仄韵律的推敲。

我个人也可以算是象征诗派底爱好者，可是我非常不喜欢这一派里几位带神秘意味的作家，不喜欢叫人不得不说一声"看不懂"的作品。我觉得，没有真挚的感情做骨子，仅仅是官能的游戏，像这样地写诗也实在是走了使艺术堕落的一条路。在望舒之前，也有人把象征派那种作风搬到中国底诗坛上来，然而搬来的却正是"神秘"，是"看不懂"那些我以为是要不得的成分。望舒底意见虽然没有像我这样绝端，然而他也以为从中国那时所有的象征诗人身上是无论如何也看不出这一派诗风底优秀来的。因而他自己为诗便力矫此弊，不把对形式的重视放在内容之上；他底这种态度自始至终都没有变动过。他底诗，曾经有一位远在北京（现在当然该说是北平）的朋友说，是象征派的形式，古典派的内容。这样的说法固然容有太过，然而细阅望舒底作品，很少架空的感情，铺张而不虚伪，华美而有法度，倒的确走的诗歌底正路。

那个时期内的最显著的作品便是使望舒底诗作第一次被世人所知道的《雨巷》。

说起《雨巷》，我们是很不容易把叶圣陶先生底奖掖忘记的。《雨巷》写成后差不多有年，在圣陶先生代理编辑《小说月报》的时候，望舒才忽然想起把它投

---

① 魏尔伦、保尔·福尔、果尔蒙、耶麦，均为法国前后期象征诗派的代表人物。

寄出去。圣陶先生一看到这首诗就有信来，称许他替新诗底音节开了一个新的纪元。这封信，大概望舒自己至今还保存着，我现在却没有可能直接引用了。圣陶先生底有力的推荐使望舒得到了"雨巷诗人"这称号，一直到现在。

然而我们自己几个比较接近的朋友却并不对这首《雨巷》有什么特殊的意见；等到知道了圣陶先生特别赏识这一篇之后，似乎才发现了一些以前所未曾发现的好处来。就是望舒自己，对《雨巷》也没有像对比较迟一点的作品那样地珍惜。望舒自己不喜欢《雨巷》的原因比较很简单，就是他在写成《雨巷》的时候，已经开始对诗歌底他所谓"音乐的成分"勇敢地反叛了。

人往往会同时走着两条绝对背驰的道路的：一方面正努力从旧的圈套脱逃出来，而一方又拼命把自己挤进新的圈套，原因是没有发现那新的东西也是一个圈套。

望舒在诗歌底写作上是不多已经把头钻到一个新的圈套里去了，然而他见得到，而且来得及把已经钻进去的头缩回来。1927年夏某月，望舒和我都蛰居家乡，那时候大概《雨巷》写成还不久，有一天他突然兴致勃发地拿了张原稿给我看。"你瞧我底杰作。"他这样说。我当下就读了这首诗，读后感到非常新鲜；在那里，字句底节奏已经完全被情绪底节奏所替代，竟使我有点不敢相信是写了《雨巷》之后不久的望舒所作。只在几个月以前，他还在"彷徨"、"惆怅"、"迷茫"那样地凑韵脚，现在他是有勇气写"它的拜访是没有一定的"那样自由的诗句了。

他所给我看的那首诗底题名便是《我底记忆》。

从这首诗起，望舒可说是在无数的歧途中间找到了一条浩浩荡荡的大路，而且这样地完成了"为自己制最合自己的脚的鞋子"（《零札》七）的工作。为了这个原故，望舒第一次出集子即命曰《我底记忆》，这一回重编诗集，也把它放在头上，而属于前一个时期的《雨巷》等篇却也像《旧锦囊》那一辑一样地全部删掉了。

这以后，只除了格调一天比一天苍老、沉着，一方面又渐次地能够开径自行，摆脱下许多外来的影响之外，我们便很难说望舒底诗作还有什么重大的改变；即使有，那也不再是属于形式的问题。我们就是说，望舒底作风从《我底记忆》这一首诗而固定，也未始不可的。

正当艺术上的修养时期初次告一段落的时候，每一个青年人所逃不了的生活

172

底纠纷便开始蜂拥而来。从 1927 到 1932 去国为止的这整整五年之间，望舒个人的遭遇可说是比较复杂的。做人的苦恼，特别是在这个时代做中国人的苦恼，并非从养尊处优的环境里长成的望舒，当然事事遭到，然而这一切，却决不是虽然有时候学着世故而终于不能随俗的望舒所能应付。五年的奔走、挣扎，当然尽是些徒劳的奔走和挣扎，只替他换来了一颗空洞的心；此外，我们差不多可以说他是什么也没有得到的。再不然，那么这部《望舒草》便要算是最大的获得了吧。

在苦难和不幸底中间，望舒始终没有抛下的就是写诗这件事情。这差不多是他灵魂底苏息、净化。从乌烟瘴气的现实社会中逃避过来，低低地念着"我是比天风更轻，更轻，/是你永远追随不到的"（《林下的小语》）。这样的句子，想象自己是世俗的网所网罗不到的，而借此以忘记。诗，对于望舒差不多已经成了这样的作用。

前面刚说过，五年的挣扎只替望舒换来了一颗空洞的心，他底作品里充满着虚无的色彩，也是无须乎我们来替他讳言的。本来，像我们这年岁的稍稍敏感的人，差不多谁都感到时代底重压在自己底肩仔上，因而呐喊，或是因而幻灭，分析到最后，也无非是同一个根源。我们谁都是一样的，我们底心里谁都有一些虚无主义的种子；而望舒，他底独特的环境和遭遇，却正给予了这种子以极适当的栽培。

在《我底记忆》写成的前后，我们看到望舒还不是绝望的。他虽像一位预言家似的料想着生命不像会有甚什"花儿果儿"，可是他到底还希望着"这今日的悲哀，/会变作来朝的欢快"（《旧锦囊·可知》），而有时候也的确以为"在死叶上的希望又醒了"（《雨巷·不要这样盈盈地相看》）。他是还不至于弄到厌弃这充满了"半边头风"，和"不眠之夜"的尘世，而"渴望着回返 / 到那个天，到那个如此青的天"（《对于天的怀乡病》）的程度。不幸一切希望都是欺骗，望舒是渐次地发觉得了。终于，连那个无可奈何的对于天的希望也动摇起来，而且就是像很轻很轻的追随不到的天风似的飘着也是令人疲倦的。我们如果翻到这本大体是照写作先后排列的集子底最后，翻到那首差不多灌注着作者底整个灵魂的《乐园鸟》，便会有怎样一副绝望的情景显在我们眼前！在这小小的五节诗里，望舒是把几年前这样渴望着回返去的"那个如此青的天"也怀疑了，而发出"自从亚当夏娃被逐后，/那天上的花园已荒芜到怎样了"的问题来，然而这问题又有谁能回答呢？

从《乐园鸟》之后，望舒直到现在都没有写过一首诗。像这样长期的空白，从望舒开始写诗的时候起一直到现在都不曾有过。以后，望舒什么时候能够再写诗是谁也不能猜度的；如果写，写出怎么一种倾向的东西来也无从得知。不过这一点是很明显的：像这样的写诗法，对望舒自己差不多不再是一种慰藉，而也成为苦痛了。这本来是生在这个时代的每一个诚恳的人底命运，我们也不必独独替望舒惋惜。

《望舒草》在这个时候编成，原是再适当不过的；它是搜集了《我底记忆》以下以迄今日的诗作底全部，凡四十一篇，末附以《诗论零札》十七条，这是蛰存从望舒底手册里抄下来的一些断片，给发表在《现代》二卷一期"创作特大号"上的。至于这篇序文，写成后却未经望舒寓目就要赶忙付排，草率之处，不知亲切的读者跟望舒自己肯原谅否。挥汗写成，我心里还这样惴惴着。

一九三三盛暑

附录二：

从李金发到戴望舒

凡　尼

20世纪20年代中出现的象征诗派，是继浪漫诗派之后新崛起的又一支诗坛"异军"。这一诗派以其独特的诗艺为新诗的发展带来了深刻的影响，开创了一股象征主义诗风。朱自清在谈到这个诗派时说："他们不注重形式而注重词的色彩与声音。他们要充分发挥词的暗示的力量；一面创造新鲜的隐喻，一面参用文言的虚字，使读者不致滑过一个词去。他们是在向精细的地方发展。"[1]

象征诗派在20年代中期的崛起，既有其历史原因，也是新诗自身艺术发展的必然结果。五四退潮后，受过新思潮激荡的敏感的文学青年，开始从狂热的高歌呐喊转向苦闷彷徨。这种带有感伤色彩的"时代病"曾一度泛滥于文坛。象征主义诗人那种逃避现实的以幻想为真实、以忧郁为美丽的"世纪末"思想引起了他们的共鸣，使他们在诗作中偏重于汲取来自异域的营养果汁，用来宣泄积淀在心底的感伤和郁闷。而从新诗本身的发展来看，早期新诗在完成了"诗体大解放"的任务后，开始依着新诗本体的艺术规律去追求自身的提高与完善。早期新诗，包括写实派的白话诗和浪漫派的自由诗，虽然较彻底地挣脱了旧诗词格律的束缚，可以自由地抒发思想情感，为中国诗歌走向现代化开辟了道路，但在艺术上，大多数作品"都像是一个玻璃球，晶莹透彻得太厉害了，没有一点儿朦胧，因此也似乎缺少了一种余香与回味"[2]。到了闻一多为代表的格律诗派，用丰富

---

[1]　朱自清：《新诗杂话·诗的形式》。

[2]　周作人：《扬鞭集·序》。

的想象和绮丽的譬喻发展和提高了新诗的抒情艺术，增富了诗的语言，这是新诗的又一进步。几乎同时，另一些饱吮西方现代主义诗歌乳汁的诗人，又不满足于新格律诗所展现的那一幅幅平面的感情画面，而另辟蹊径，去追求一种立体的雕塑效果了。他们从国外（主要是法国）引进象征主义的诗艺，给新诗带来一种奇异而耀眼的艺术光芒。这支诗坛"异军"就这么崛起了。

以李金发为代表的早期象征诗派并没有成立过团体，没有发布过共同的宣言，更没有清一色的机关刊物，只是因为他们的创作思想和艺术特征比较接近，形成了相似的流派风格，所以在文学史上常被划归一派。这一派诗人除李金发外，还有诗集《圣母像前》（1926）的作者王独清，《旅心》（1927）的作者穆木天，《红纱灯》（1928）的作者冯乃超。这三位均为创造社诗人，他们除了共同倾向于法国象征派外，在创作上又各有特色。王独清的诗虽以敏锐的感觉去捕捉朦胧的诗境，但仍保留较浓厚的拜伦或雨果式的浪漫气息，在表现艺术上也"豪胜于幽，显胜于晦"。穆木天把感情寄托于幽微远渺的意象中，讲究音节的整齐，却不致力于表现色彩。冯乃超歌咏的是颓废、阴影、梦幻、仙乡，用丰富的色彩和铿锵的音节构成迷人的艺术氛围①。左翼诗人胡也频，受李金发的诗风影响较深，他用象征艺术去喷射真情实感，所以于朦胧中还能让读者感受到一颗赤子之心在跳动。他也采用自由诗体，代表诗集是《也频诗选》（1929）。

最突出地体现了早期象征主义诗歌的思想内容和艺术特色而又明显地留下了对法国象征派诗人"移植"痕迹的，是被称为"诗怪"的诗人李金发。

李金发（1900~1976），原名遇安，又名淑良，广东梅县人。1919年赴法国留学，在巴黎国家美术院学习雕塑，次年开始从事新诗创作。此时正值法国后期象征主义诗歌运动兴起，他爱不释手地捧读波特莱尔的《恶之花》，以及魏尔伦、马拉美等人的诗作。这些法国象征主义诗歌的内容和迥异于别派诗的技艺，使他受到了极深的浸润，对他后来的诗作产生深刻的影响。在这种"世纪末"的艺术营养培育下，逐渐形成了他那充满着神秘色彩的感伤、颓废的诗歌风格。1925年他的第一部诗集《微雨》出版，引起了诗坛的震动，周作人等人的高度奖掖，称

---

① 朱自清：《中国新文学大系·诗集·导言》。

"这种诗是国内所无，别开生面的作品"①，是"新奇怪丽的歌声"②；也有不少人批评这些诗"太神秘、太欧化"，叫人难以索解。接着，他又出版了诗集《为幸福而歌》（1926）和《食客与凶年》（1927）。朦胧与晦涩，是他诗作主要的艺术特征，这是他从法国象征诗人那里承袭来的技艺。例如马拉美就说过："诗写出来原是叫人一点一点地去猜想，这就是暗示，即梦幻……一点一点地把对象暗示出来，用以表现一种心灵状态。"③但象征诗人全凭主观直觉和内心幻象写诗，要表现的，不是什么大家都能理喻的典型情绪，而是瞬间触发出来的极个人式的经验，当然不可能以明显的形象及概念来自然地传达出来。另外，在表现手法上，"虽用文字，却朦胧了文字的意义，用暗示来表现情调"，也增加了索解的困难。就李金发的作品而言，他的诗不乏丰富奇特的想象和新鲜的比喻，在营造意象、揭示人的深层意识等方面也很有特色；特别是在诗中大量引进绘画和雕塑艺术，以及流贯在他许多诗作中的那种浓郁的异国情调，对当时多数读者来说，的确是"别开生面"的。但他对法国象征诗的引进大体上采用"移植"的方式，不是消化后的吸取，常常是生搬硬套。他的诗在意象的组接上带有很大的随意性，甚至有违常理，在语言运用上文白相杂，句法欧化，又任意嵌进外语词汇，使得诗境残破、晦涩，读起来很倒胃口。当然，如果我们用历史的眼光来审视新诗艺术进化的历程就应该看到，李金发把象征主义诗艺引入新诗创作，还是有功绩的。在新诗史上，象征派的出现，是新诗表现艺术的进步。这种以灵敏的感觉、奇特的意象和新鲜的比喻，把思想感情组织在高度压缩的结构里的象征艺术，对丰富和提高新诗的艺术是具有启示意义的。

注重开拓诗的象征、暗示功能。李金发认为，象征于诗的重要性，"犹人身之需要血液"④，这一观点和法国象征诗人视诗为"用象征体镌刻出来的思想"是一脉相承的。象征派诗人把客观外物视为能向人们发出信息的"象征的森林"，能与人的心灵相互感应契合。这种通过特定的具体形象来表现与之相对应的思想情感，一般称之为象征。李金发的代表作《弃妇》，就使用了富有感染力的意象和

---

① 见《语丝》第 45 期（1925 年 11 月 23 日）。

② 钟敬文：《李金发的诗》，《一般》1926 年 12 月号。

③ 马拉美：《关于文学的发展》，《西方文论选》下卷。

④ 李金发：《凄凉之街·序》。

新颖独特的比喻，来镌刻出弃妇这一突出而鲜明的形象。在这首诗里，诗人通过弃妇披散在两眼之前的长发和"衰老的裙裾"，以及内心的隐忧与哀戚，展示出这位被世人所遗弃的妇女的深哀巨痛。诗的前两节以弃妇自述的口吻诉说自己的悲惨命运。被逐出家门后，只能露宿荒野，在断墙颓垣间苟且栖身，已完全厌倦人世了。于是，以披遍两眼的长发为屏障，来隔断丑恶人间向"我"投来的羞恶嫉视和一切尔虞我诈的流血争斗。但每当黑夜，"我"的心就如惊弓之鸟，惶恐不安，生怕有灾祸袭来。即使是细小的蚊虫鸣声，于"我"，也像是那使无数游牧战栗的荒野狂风怒吼。在孤苦无助的处境中，唯求上帝之灵来怜悯抚慰"我"了，否则，"我"只有随山泉和红叶撒手而去。后两节突然改变了人称，以旁观者的视角写弃妇的"隐忧"与"哀吟"。她度日如年，尽管黑夜将至，一整天的"烦闷"也不能化为灰烬飘散，仍郁结在心底。这样还不如死去的好，让灵魂随游鸦之羽飞向天际，或者飘向海滨，逍遥地静听船夫的渔歌。最后一节写弃妇哀吟着"徜徉在丘墓之侧"，热泪早已干涸，只有心里的血泪"点滴在草地"，"装饰"这丑恶冷酷的世界。

象征诗里的物象既是它们本身，又不仅是它们本身，具有内涵的多义性。"象征所要使人意识到的却不应是它本身那样一个具体的个别事物，而是它所暗示的普遍性的意义。"[①] 弃妇，作为一个具体的形象，其象征体自然也有一定的社会意义，是诗化了的悲苦人生的一幅剪影，诗人通过她凄苦的命运向不公道的社会倾吐自己的幽愤之情。这样的创作意图不能排斥。因为同一时期，李金发也创作过类似题材的雕塑作品，据知情人说："他的雕刻都满是人类做呻吟或苦楚的状态，令人见之如入鬼魅之窟。"[②] 但作为一首象征诗，则要求我们更多的要从它的象征义上去索解。比之那具体的个别的形象描写，象征诗更有那"言外之意"、"象外之旨"，这就"不仅使人从那里感触了它所包含的，同时可以由它而想起一些更深远的东西"[③]。联系李金发受国外象征派诗歌宣泄的悲观厌世、消极颓废思想的浸染，就应该领悟这首诗更深的内涵，在弃妇的形象上，诗人是寄寓了包括自己在内的许许多多被不公道的社会所遗弃的人的悲哀、惶恐、孤独与厌世的

---

① 黑格尔：《美学》第二卷第 11 页。
② 黄参岛：《〈微雨〉及其作者》，《美育》第二期。
③ 艾青：《诗论》，第 124 页。

178

情绪。可以说这是一支人生命运的悲歌。弃妇这一形象之所以具有这种多义性的内涵，在于诗人注重开拓诗的象征功能和暗示功能，使读者能"由此及彼"，由个别到一般去开展联想，理喻到某些"更深远的东西"。而象征的多义性，暗示的弹性和张力，正是象征诗特有的技巧。

追求意象的凝定。李金发的诗作极力避免对事物作白描式的描写或采取直接抒情的方式，而力求化思想、情绪、感觉为可感触的具体形象，追求立体的雕塑感。如《爱憎》一诗，诗人是这样来状写"人情冷暖、世态炎凉"的："蜘蛛在风前战栗，无力组世界情爱之网了"。而写他孤独寂寞的心境，却用"我的灵魂，是荒野的钟声"（《我的》）。写人生困苦、跋涉艰难："我已破的心轮，永转动在泥污下"（《夜之歌》）。这些对世态、心境、人生的描述都是采取凝定意象的方式完成的。在风前战栗的蜘蛛是无力织网的，这一意象抒发出人们在人欲横流的险恶世道中无力回天的无奈感叹。"荒野的钟声"是如此地飘忽微茫，用它来宣泄灵魂的孤独。破碎的心轮，永远在泥污下艰难地转动，又暗喻了人生旅途的艰辛。所有这些思想情绪，在诗里都不是直接描写和抒情，而是化为意象，使抽象和流动的意念凝定成具象的雕塑。

奇特的想象和新鲜的隐喻。想象的丰富和奇特，是李金发诗作的长处，这与他作为一个艺术家对周围现象观察的细腻和感觉的敏锐有直接关系。《弃妇》开头一段写夜幕降临、寄身颓墙断垣的弃妇顿生惶恐之感，如惊弓之鸟屏息凝神地倾听四周的动静，轻细的蚊虫叫声在她听来也如"狂呼"那样惊心动魄，蚊虫的鸣声用"狂呼"来形容已属夸张，而由此想到"如荒野狂风怒号：战栗了无数游牧"，这联想就更奇特了。而这正好表现弃妇担惊受怕、预感到灾祸袭来的恐怖心理，浓重地渲染出笼罩在弃妇心头的孤苦无助的氛围。奇特想象的触角，已伸入人物隐秘的潜意识世界。至于比喻，更是象征诗的生命。李金发的诗在这方面也有自己的特点，他不将比喻放在明白的间架里，采用的是"远取譬"的方法。通常的比喻是以事物间相似的属性为基础的，而他诗中的比喻却具有强烈的主观随意性，是产生于人的直觉，甚至幻觉、错觉的，这就大大地开拓了比喻的天地，使互相间十分疏远、几乎毫无联系的事物也能构成比喻关系。这在李金发诗作中随处可见，如："我们的生命太枯萎，如牲口践踏之稻田"（《时之表现》），用"牲口践踏之稻田"来比喻生命残败、荒芜。"希望成为朝露，来往在我心头的小窗里"

（《希望与怜悯》），以"朝露"来比喻希望的短暂和失落。"女人的心，已成野兽之蹄，没勾留之一刻"（《巴黎之吱语》），"野兽之蹄"给人以任意的伤害，和"女人的心"神似。"生命便是，死神唇边的笑"（《有感》），以"死神唇边的笑"喻生命的荒谬，对生命本身抱一种嘲讽的意味。这些比喻，建立在对事物间新的关系的发现上，所以叫隐喻。

　　形象和意境的高度跳跃。在形象与形象、意境与意境之间，抽掉它们联系的关系词语，使之相互间离，以加强各个形象与意境的突兀感和刺激性。评论家把这种手法称之为"观念联络的奇特"。那些省略掉的字句，就是诗的意义空白，需要读者用想象力去搜寻、填补。《题自写象》一诗，相当典型地体现了李金发这种诗艺追求。试看这几句："热如皎日，灰白如新月在云里。我有草履，仅能走世界之一角，生羽么？太多事了啊！"意思大概是：我内心充满了如火的热情，却只能发出微弱的光亮，正像我穿着草鞋步行，仅能行走世界的一小角落。要是能长上一双翅膀远走高飞，那是多么的好啊，可是，我哪敢有这般非分的奢想！这是诗人自己壮志难酬的感叹。这种不寻常的章法，难以表现一个完整的意思，却朦胧地泄露出诗人内心的感觉和情绪。但省略的字句太多，所要表达的观念必然破碎、晦涩，这是不可取的，因为它阻塞了读者通向理解的路。

　　广泛运用通感修辞手法。打通视觉、嗅觉、触觉、味觉、听觉等感觉的界限，让它们彼此沟通和转换，往往能造成一种新奇的情境，能给读者带来意外的审美喜悦。李金发精于此道，把它广泛运用于诗作。像"窗外之夜色，染蓝了孤客之心"（《寒夜的幻觉》）；"粉红之记忆，如道旁朽兽，发出奇臭"（《夜之歌》）；"山菜、野菊和罂粟，有意芬香我们之静寂"（《燕剪断春愁》）等，通过感觉的挪移、沟通与转换，大大地拓宽了读者的审美空间。

　　30年代初期出现在诗坛的现代诗派，既是初期象征诗派的一种继承，又是新月诗派演变发展的结果，正如艾青所说，"新月派与象征派演变成为现代派"[①]。因而，现代诗派并非单一的象征主义诗潮，其"诗质"是介乎浪漫主义与象征主义之间的。

　　施蛰存曾这样概括过现代诗派的共同特征："《现代》中的诗是诗，而且是纯

---

① 艾青：《中国新诗六十年》。

然的现代的诗，它们是现代人在现代生活中所感受的现代的情绪，用现代的词藻排列成的现代的诗形。"①这里提到的"现代人"和他们"所感受的现代情绪"是有其特定含义的。所谓"现代人"，实际上是指一群远离现代斗争的漩涡而又对生活怀有迷茫幻灭之感的知识分子；所谓"现代情绪"，实际上是指这群人特有的精神状态。他们"从乌烟瘴气的现实社会中逃避出来"，把诗当作灵魂的逋逃王国，在一种趣脱的幻象中寻求"苏息、净化"，"在诗作里泄漏隐秘的灵魂"②；他们"当时由于方向不明，小处敏感，大处茫然"③。这就形成了这一诗派的基本内容特征。对此，早在30年代就有批评家进行过准确的概括。最早提出现代诗派这一名词的孙作云，在1935年发表的《论"现代派"诗》一文中，指出现代诗派"在内容上，是横亘着一种悲观的虚无的思想，一种绝望的呻吟"。屈轶在《新诗的踪迹与其出路》一文中，也指出这个诗派的创作已"成了浊世的哀音"④。现代诗派的诗人，都有一颗青春的病态的心，他们无可奈何地吟咏着："我是青春和衰老的集合体，我有健康的身体和病的心。"（戴望舒《我的素描》）"过了春又到了夏，我在暗暗地憔悴，迷漠地怀想着，不做声，也不流泪！"（何其芳《季候病》）"生命是在湖的烟波里，在飘摇的小艇中。"（金克木《生命》）"血的玫瑰，枯萎地在丧钟里颤抖着了。"（张君《肺结核患者》）……在这些诗人笔下，缺乏平民精神和社会投影，只是一些败叶秋蝉似的苍白情绪，基调是消沉的。

　　但这个诗派在诗艺上却有很大的创新与突破。他们大胆地冲破了新月诗派的"三美"戒律，认为"新诗应该有新的情绪和表现这情绪的形式"，而"韵和整齐的字句会妨碍诗情，或使诗情成为畸形的。倘把诗的情绪去适应呆滞的、表面的旧规律，就和把自己的足去穿别人的鞋子一样"，主张"诗不能借重音乐和借重绘画的长处"；并强调，"诗的韵律不在字的抑扬顿挫上，而在诗的情绪的抑扬顿挫上，即在诗情的程度上"⑤。在形式上，对李金发等人的象征诗的神秘内容和晦涩诗风，则有较大的突破。他们比较注重将国外象征派的诗艺融化到本民族的

---

① 施蛰存：《又关于本刊的诗》，《现代》第4卷第1期。

② 杜衡：《望舒草·序》。

③ 卞之琳：《雕虫纪历·序》。

④ 《文学》第8卷第1号，1937年。

⑤ 戴望舒：《诗论零札》。

语言和欣赏习惯中来，这派诗人在很大程度上克服了李金发等象征诗人单纯模仿的痕迹，取得了艺术上的自主自觉的意识，即"追求诗歌内容与形式的平衡，表现自己与隐藏自己的适度，吸收异域艺术营养和中国传统诗歌营养的统一"[①]，致力于寻找中外诗歌审美追求的契合点。

这一诗派的代表人物，是戴望舒。

戴望舒（1905～1950），原名梦鸥，浙江杭州人。1923年进上海大学学习，不久转入大同学校学英文，后又转震旦大学学法文。这期间，曾参加过革命活动，同时开始文学创作。1929年出版诗集《我底记忆》，1932年赴法求学，1933年出版诗集《望舒草》，成为现代诗派的代表诗人。1937年出版诗选《望舒诗稿》后，积极投身于抗战洪流。1941年太平洋战争爆发，他在香港被日军逮捕，受尽折磨，坚贞不屈。1949年春回到北平。1950年病逝。他留下的最后一部诗集，是1948年出版的《灾难的岁月》。

戴望舒的创作大致可以抗日战争的全面爆发为界，分为前后两个时期。

1925年至1927年间，戴望舒入震旦大学读法文，最初读雨果、缪塞，后又读魏尔伦、波特莱尔，再后更迷醉于古尔蒙、耶麦、瓦雷里等后期象征主义诗人诗作。从法国象征诗里，他汲取朦胧的意象和忧郁的情调，以及象征、暗示、隐喻、通感等技巧手法。其时，新月诗派闻一多、徐志摩等正倡导格律诗，那种铿锵的节奏和回荡的旋律曾成为盛行一时的风尚，在戴望舒创作上也受到了影响。写于1927年夏的《雨巷》是他这个阶段的代表作。在这首诗里，朦胧的气氛、萦回轻淡的愁绪和优美和谐的音节，既回响着新月派音乐美的余韵，又把初期象征诗派的艺术大大向前推进了一步，难怪有人说它是我国富有民族特色的象征诗的先声。《雨巷》中的抒情主人公既不满阴暗现实，又不明出路；但他不甘沉沦，执着地追求理想，而当这"理想"被证实为虚妄时，他仍在无望地希冀和期盼着。此诗典型地反映了当时知识青年失望、苦闷、彷徨的心态。这首诗所描写的情境全都罩上了一层飘忽朦胧的迷雾。悠长寂寥的雨巷，颓圮的篱墙，冷清凄凉的蒙蒙细雨，凄婉迷茫的环境氛围，"结着愁怨"的姑娘"……所有这一切，实际上都是诗人自己的"内心真实"的象征性反映。在

---

① 孙玉石：《面对历史的沉思——关于中国现代主义诗歌源流的回顾与评析》。

艺术上，《雨巷》以其优美的音节受到过人们的称赞。叶圣陶说它"替新诗的音节开了一个新的纪元"。诗句长短错落、音节铿锵匀整，节奏低沉舒缓，"姑娘"、"雨巷"、"惆怅"、"篱墙"、"芬芳"等脚韵一再回响在诗中，造成"余音绕梁"的韵味。为了增强音乐性，诗人还吸取了我国民歌和西诗复沓与重唱的手法。整首诗像一支迷离飘忽的人生梦幻曲。

但这一艺术追求并没有持续多久，戴望舒就放弃了外在的韵律和格式，而转舵去探寻内在的诗情、内在的节奏，变格律美为诗情美，创造出一种具有散文美特色的自由诗体。那亲切自然的说话调子和活脱新鲜的日常口语，更适合于表现现代人复杂微妙的生活感受。从他这一阶段所写的诗里，可以看到更多的法国后期象征诗人的影响。《我底记忆》这首诗正体现了这一新的艺术追求。这首诗完全是对个人日常琐屑生活的挖掘，从"燃着的烟卷"，"绘着百合花的笔杆"，"破旧的粉盒"，"喝了一半的酒瓶"，"撕碎的昔日的诗稿"……去证实"记忆"的存在。诗里尽管用了平和冲淡的调子，但终究没有能够掩盖充满苦涩的生活感受和沉重的孤独心态。在艺术上也具有新的特点，诗人有意识地在调整自己的审美视角，努力地去从平淡的日常生活中发掘诗情。此外，对"记忆"这种无声无形的心理状态作了拟人化的描绘，用一系列繁复的意象去展示这些生活色调，给人以亲切新鲜的印象。但在形式上显得松散，流于散文化，在口语运用上也似乎缺少加工与提炼，念起来不那么干脆、简练。《秋天的梦》似更应视为戴望舒充分成熟时期的代表作品。

　　逍遥的牧女的羊铃，
　　摇落了轻的树叶。

　　秋天的梦是轻的，
　　那是窈窕的牧女之恋。

　　于是我的梦是静静地来了，
　　但却载着沉重的昔日。

唔，现在，我是有一些寒冷，

　　一些寒冷，和一些忧郁。

　　清丽婉约、自然流畅的散文美特点，在这首短诗里得到了极致的展现。意象的跳跃与连缀，主题的象征性、暗示性，描写的朦胧性，潜意识的流动等，皆有典型的"现代"风味。但"牧女"、"树叶"、"窈窕"、"梦"、"昔日"、"迢遥"却回响着我国古典诗歌的情韵。在内容的表现上也独具匠心：诗人一方面宣泄自己心际萦回不绝的"忧郁"以及难以拂去的"沉重的昔日"的阴影；另一方面他却又美化和诗化了自己所吟咏的一个现实生活的侧面，把"窈窕牧女"的弥漫诗意的画面，跟自己忧郁、寒冷的心境交融在一起，充分地反映出企图逃避现实而又不可能的矛盾和痛苦的心态。比之《我底记忆》，这首《秋天的梦》象征味更浓，也更美一些。

　　抗日战争爆发，使戴望舒的思想和创作有了一个新的转折，他在时代的召唤下，以满腔的爱国激情投入神圣的民族解放战争，终于发出了战斗的呼号。他歌唱在"血染的土地"上诞生的"新的希望"，从而坚信"苦难会带来自由解放"（《元日祝福》）。1941 年香港沦陷，诗人因积极从事抗日活动被日军逮捕入狱，备受摧残，但始终保持坚贞的民族气节，这在诗中也得到反映："饥饿的眼睛凝望着铁栅，勇敢的胸膛迎着白刃：耻辱粘住每一颗赤心，在那里，炽烈地燃烧着悲愤。"（《等待（二）》）尽管受尽毒刑，他毫不消沉悲观，坚定的民族自信心鼓舞他"耐心地等待着"最后胜利的来临："让我在这里等待，耐心地等你们回来，做你们的耳目，我曾经生活，做你们的心，我永远不屈服。"然而，更可贵的是，诗人那颗被囚禁的心还飞越千山万水，"用残损的手掌"抚摸着受难的祖国大地，并对那"遥远的一角依然完整"的国土——党领导下的解放区发出了激情的礼赞："因为只有那里是太阳，是春，将驱逐阴暗，带来苏生，因为只有那里我们不像牲口一样活，蝼蚁一样死……那里，永恒的中国！"（《我用残损的手掌》）这些后期诗作倾向现实主义，形式上转向了格律和半格律体，基调明快昂扬，音韵和谐铿锵，虽然保持着象征手法，也写幻梦意识，但诗风已趋于自然明朗了。这些明显变化，预示着另一种新的诗美探索。可惜，1945 年 5 月写的《偶成》成了诗人留给我们的绝响。

作为现代诗派的代表诗人，戴望舒在新诗艺术的探索和实践中，为我们留下了许多值得学习和借鉴的经验。

戴望舒具有深厚的古典文学素养，特别酷爱古典诗词，早在新诗创作之初，就注重从我国古典诗歌去汲取艺术营养，我们从《旧锦囊》收入的"少年作"可以看到，他在情绪的渲染和意象的营造方面，更多地借鉴了我国传统的诗、词、曲，有明显的晚唐风味，如"寂寞的古园中，明月照幽素，一枝凄艳的残花，对着蝴蝶泣诉"（《残花的泪》），"晚云在暮天上散锦，溪水在残日里流金"（《夕阳下》）等。后来，他写的象征诗兼具了"象征派的形式"和"古典派的内容"。统观其诗作就不难发现一个突出的特色：既全面地借鉴和吸取象征主义的表现手法，又不失中国古典诗歌的神韵。"象征主义所强调的各个方面：色彩，音乐性，通感，肌理丰富，意象奇特，象征和暗示，甚至那种深沉抑郁的情绪都在他的诗里得到完美的体现。"[1]但他诗中的象征体系却完全是东方式的。古诗词习见的丁香、百合、花枝、残叶、晚云、古树、钟声、残月、夕阳等意象构成其诗特殊的意象符号系统。在语言的运用上，不同于李金发等初期象征派诗人那种欧化句法，生造词语，以至晦涩难懂的情况，他的诗的语言有鲜明的民族特色，采用清新活脱、自然流畅的口语，"在亲切的日常说话调子里舒卷自如，锐敏、精确，而又不失它的风姿，有节制的潇洒和有工力的淳朴"[2]。

现代诗派的诗人比较重要的还有卞之琳、何其芳、施蛰存等。卞之琳的诗以朦胧曲隐著称，他的诗作正适应了"新月派"向"现代派"演变的流向。他的名作《断章》：

你站在桥上看风景，
看风景的人在楼上看你。
明月装饰了你的窗子，
你装饰了别人的梦。

---

① 袁可嘉：《中国现代诗派与中国新诗》。
② 卞之琳：《戴望舒诗集·序》。

寥寥数行，却具有深沉隽永的意味。初读时，以为在表现一种爱情的寄托，那一男一女的互相装饰便构成了"风景"，构成了"梦"的朦胧，但通过联想搭起桥来，又可以拓展它的内涵，领悟到一种相对的、平衡的观念。何其芳的诗也有浓重的现代主义风味，但他更注意追求艺术上的精致、绚烂、柔美。精词丽句，缕金错采，在象征主义手法中弥漫着浪漫的抒情。读他的《圆月夜》："说啊，是什么哀怨，什么寒冷摇撼／你的心，如林叶颤抖于月光的摩抚，摇坠了你眼里纯洁的珍珠，悲伤的露？"于轻柔的吟唱中透露出如烟似梦的忧伤情调。施蛰存倾心于写他的"意象抒情诗"。他的诗意象闪烁、跳跃，比喻奇特、诡异，内涵飘忽朦胧，擅长通过联想和幻觉去抒写纯主观的内心体验。他的《银鱼》一诗，即通过"横陈在菜市里的银鱼"所引起的联想和幻觉，去展开意象的缤纷天地：土耳其浴场的裸女，迷人的小眼睛，"连心都要袒露出来了"的初恋少女。

现代诗派丰富和提高了新诗的表现艺术，特别是在探索中西诗歌审美追求的契合点上，开辟了一条现代新诗发展的路子——在中外诗歌传统的交融与碰撞中坚持独具的个性和民族特色。但是，由于这一诗派自身的思想局限，决定了他们诗歌内容的总体走向——怯于直面惨淡的人生，对时代斗争的冷漠，只在自造的狭小艺术天地中吟咏忧郁的情怀和孤独寂寞的心曲，因而逐渐减弱在广大读者中的影响。

散文 ﹥﹥﹥﹥﹥﹥﹥

记玛德里的书市

无匹的散文家阿索林，曾经在一篇短文中，将法国的书店和西班牙的书店，作了一个比较。他说：

"在法兰西，差不多一切书店都可以自由地进去，行人可以披览书籍而并不引起书贾的不安；书贾很明白，书籍的爱好者不必常常要购买，而他之走进书店去，也并不目的是为了买书；可是，在翻阅之下，偶然有一部书引起了他的兴趣，他就买了它去。在西班牙呢，那些书店都是像神圣的圣体笼子那样严封密闭着的，而一个陌生人走进书店里去，摩挲书籍，翻阅一会儿，然后又从来路而去这等的事，那简直是荒诞不经，闻所未闻的。"

阿索林对于他本国书店的批评，未免过分严格一点。法国的书店也尽有严封密闭的，而西班牙的书店，可以进出无人过问，翻看随你的，却也不在少数。如果阿索林先生愿意，我是很可以列举出巴黎和玛德里的书店的字号来作证的。

公正地说，法国书贾对于顾客的心理研究得更深切一点。他们知道，常常来翻翻看看的人，临了总会买一两本回去的；如果这次不买，那么也许是因为他对于那本书的作者还陌生，也许他觉得版本不够好，也许他身边没有带够钱，也许是他根本只是到书店来消磨一刻空闲的时间。而对于这些人，最好的办法是不理不睬，由他去翻看一个饱。如果殷勤招待，问长问短，那就反而招致他们的麻烦，因而以后就不敢常常来了。

的确，我们走进一家书店去，并不像那些学期开始时抄好书单的学生一样，先有了成见要买什么书的。我们看看某个或某个作家是不是有新书出版；我们看看那已在报上刊出广告来的某一本书，内容是否和书评符合；我们把某一部书的版本，和我们已有的同一部书的版本作一比较；或仅仅是我们约了一位朋友在三点钟会面，而现在只是两点半。走进一家书店去，在我们就像别的人们踏进一家咖啡店一样，其目的并不在喝一杯苦水也。因此我们最怕主人的殷勤。第一，他分散了你的注意力，使你不得不想出话去应付他；其次，他会使你警悟到一种歉意，觉得这样非买一部书不可。这样，你全部的闲情逸致就给他们一扫而尽了。你感到受人注意着，监视着，感到担着一重义务，负着一笔必须偿付的债了。

西班牙的书店之所以受阿索林的责备，其原因是不明顾客的心理。他们大都是过分殷勤讨好。他们的态度是绝对没有恶意的，然而对于顾客所发生的效果，却适得其反。记得1934年在玛德里的时候，一天闲着没事，到最大的爱斯巴沙加尔贝书店去浏览，一进门就受到殷勤的店员招待，陪着走来走去，问长问短，介绍这部，推荐那部，不但不给一点空闲，连自由也没有了。自然不好意思不买，结果选购了一本廉价的奥尔德加·伊加赛德的小书，满身不舒服地辞了出来。自此以后，就不敢再踏进门槛去了。

在文艺复兴书店也遇到类似的情形，可是那次却是硬着头皮一本也不买走出来的。而在玛德里我买书最多的地方，却反而是对于主顾并不殷勤招待的圣倍拿陀大街的迦尔西亚书店，王子街的倍尔特朗书店，特别是"书市"。

"书市"是在农工商部对面的小路沿墙一带。从太阳门出发，经过加雷达思街，沿着阿多恰街走过去，走到南火车站附近，在左面，我们碰到了那农工商部，而在这黑黝黝的建筑的对面小路口，我们就看到了几个黑墨写着的字：LAFERIA DE LOSLIBROS，那意思就是书市。在往时，据说这传统书市是在农工商部对面的那一条宽阔的林阴道上的，而我在玛德里的时候，它却的确移到小路上去了。

这传统的书市是在每年的九月下旬开始，十月底结束的。在这些秋高气爽的日子，到书市中去漫走一下，寻寻，翻翻，看看那些古旧的书，褪了色的版画，各色各样的印刷品，大概也可以算是人生的一乐吧。书市的规模并不大，一列木板盖搭的，肮脏，杂乱的小屋，一共有十来间。其中也有一两家兼卖古董的，但到底卖书的还是占着极大的多数。而使人更感到可爱的，便是我们可以随便翻看那些书籍而不必负起任何购买的义务。

新出版的诗文集和小说是和羊皮或小牛皮封面的古本杂放在一起。当你看见圣女戴蕾沙的《居室》和共产主义诗人阿尔倍谛的诗集对立着，古代法典《七部》和《玛德里卖淫业调查》并排着的时候，你一定会失笑吧。然而那迷人之处，却正存在于这种杂乱和不伦不类之处。把书籍分门别类，排列得整整齐齐，是会使人不敢随便抽看的，为的是怕捣乱了人家固有的秩序，如果本来就这样乱七八糟，我们就毫无顾忌了。再说，如果你能够从这一大堆的混乱之中发现出一部正是你所踏破铁鞋无觅处的书来，那是怎样大的喜悦啊！这里，我们就仿佛置身于巴黎赛纳河岸了。

书价便宜是那里最大的长处。我的阿耶拉全集，阿索林、乌拿莫诺·巴罗哈、瓦列英克朗、米罗等现代作家的小说和散文集，洛尔迦、阿尔倍谛、季兰、沙里拿思等当代诗人的诗集，都是从那里陆续买得的。我现在也还记得那第三间木舍的被人叫做华尼多大叔的须眉皆白的店主。我记得他，因为他的书籍的丰富，他的态度的和易，特别是因为那个在书城中，张大了青色忧悒的眼睛望着远方的云树的，他的美丽的孙女儿。

我在玛德里的大部分闲暇的时间，甚至在发生革命、街头枪声四起的时间，都是在书市的故纸堆里消磨了的。在傍晚，听着南火车站的汽笛声，踏着疲倦的步子，臂间挟着厚厚的已绝版的赛哈道的《赛房德思辞典》或是薄薄的阿尔多拉季雷的签字本诗集，慢慢地踱回寓所去，这种乐趣恐怕是很少有人能够领略的吧。

然而十月在不知不觉之中快流尽了。树叶子开始凋零，夹衣在风中也感到微寒了。玛德里的残秋是忧郁的，有几天简直不想闲逛了。接着，有一天你打叠起精神，再踱到书市去，想看看有什么合意的书，或仅仅看看那青色的忧悒的眼睛。可是，出乎意外地，那些木屋都已紧闭着了。小路显得更宽敞，更清冷，而在路上，凋零的残叶夹杂着纸片书页，给冷冷的风吹了过来，又吹了过去。

载《文艺春秋》第三卷第五期，一九四六年十一月

巴黎的书摊

　　在滞留巴黎的时候，在羁旅之情中可以算做我的赏心乐事的有两件：一是看画，二是访书。在索居无聊的下午或傍晚，我总出去，把我迟迟的时间消磨在各画廊中和河沿上的。关于前者，我想在另一篇短文中说及，这里，我只想来谈一谈访书的情趣。

　　其实，说是"访书"，还不如说在河沿上走走或在街头巷尾的各旧书铺进出而已。我没有要觅什么奇书孤本的蓄心，再说，现在已不是在两个铜元一本的木匣里翻出一本 *Patissier Francois* 的时候了。我之所以这样做，无非为了自己的癖好，就是摩挲观赏一回空手而返，私心也是很满足的，况且薄暮的赛纳河又是这样地窈窕多姿！

　　我寄寓的地方是 *Rue del'Echaudé*，走到赛纳河边的书摊，只须沿着赛纳路步行约摸三分钟就到了。但是我不大抄这近路，这样走的时候，赛纳路上的那些画廊总会把我的脚步牵住的，再说，我有一个从头看到尾的癖，我宁可兜远路顺着约可伯路，大学路一直走到巴克路，然后从巴克路走到王桥头。

　　赛纳河左岸的书摊，便是从那里开始的，从那里到加路赛尔桥，可以算是书摊的第一个地带，虽然位置在巴黎的贵族的第七区，却一点也找不出冠盖气味来。在这一地带的书摊，大约可以分这几类，第一是卖廉价的新书的，大都是各书店出清的底货，价钱的确公道，只是要你会还价，例如旧书铺里要卖到五六百法郎的勒纳尔（J.Renard）的《日记》，在那里你只须花二百法郎光景就可以买到，而且是崭新的。我的加梭所译的赛尔房德思的《模范小说》，整批的《欧罗巴杂志丛书》，便都是从那儿买来的。这一类书在别处也有，只是没有这一带集中吧。其次是卖英文书的，这大概和附近的外交部或奥莱昂车站多少有点关系吧。可是

192

这些英文书的买主却并不多，所以花两三个法郎从那些冷清清的摊子里把一本初版本的《万牲园里的一个人》带回寓所去，这种机会，也是常有的。第三是卖地道的古版书的，十七世纪的白羊皮面书，十八世纪饰花的皮脊书等，都小心地盛在玻璃的书框里，上了锁，不能任意地翻看。其他价值较次的古书，则杂乱地在木匣中堆积着，对着这一大堆你挨我挤着的古老的东西，真不知道如何下手。这种书摊前比较热闹一点，买书大多数是中年人或老人。这些书摊上的书，如果书摊主是知道值钱的，你便会被他敲了去，如果他不识货，你便沾了便宜来。我曾经从那一带的一位很精明的书摊老板手里，花了五个法郎买到一本 1765 年初版本的 Du Laurens 的 *Imirce*，至今犹有得意之色：第一因为 *Imirce* 是一部禁书，其次这价钱实在太便宜也。第四类是卖淫书的，这种书摊在这一带上只有一两个，而所谓淫书者，实际也仅仅是表面的，骨子里并没有什么了不得，大都是现代人的东西，写来骗骗人的。记得靠近王桥的第一家书摊就是这一类的，老板娘是一个四五十岁的虔婆，当我有一回逗留了一下的时候，她就把我当做好主顾而怂恿我买，使我留下极坏的印象，以后就敬而远之了。其实那些地道的"珍秘"的书，如果你不愿出大价钱，还是要费力气角角落落去寻的，我曾在一家犹太人开的破货店里一大堆废书中，翻到过一本原文的 Cleland 的 *FannyHill*，只出了一个法郎买回来。真是意想不到的事。

从加路赛尔到新桥，可以算是书摊的第二个地带。在这一带对面的美术学校和钱币局的影响是显著的。在这里，书摊老板是兼卖板画图片的，有时小小书摊上挂得满目琳琅，原张的蚀雕，从书本上拆下的插图，戏院的招贴，花卉鸟兽人物的彩图、地图、风景片，大大小小各色俱全，反而把书列居次位了。在这些书摊上，我们是难得碰到什么值得一翻的书的，书都破旧不堪，满是灰尘，而且有一大部分是无用的教科书，展览会和画商拍卖的目录。此外，在这一带我们还可以发现两个专卖旧钱币纹章等而不卖书的摊子，夹在书摊中间，作一个很特别的点缀。这些卖画卖钱币的摊子，我总是望望然而去之的（记得有一天一位法国朋友拉着我在这些钱币摊子前逗留了长久，他看得津津有味，我却委实十分难受，以后到河沿上走，总不愿和别人一淘了），然而在这一带却也有一两个很好的书摊子，一个摊子是一个老年人摆的，并不是他的书特别比别人丰富，却是他为人特别和气，和他交易，成功的回数居多。我有一本高克多（Coclcau）亲笔签字赠给诗人费尔囊·提华尔（Fernand Divoire）的 *Le Grund Ecurt*，便是从他那儿以极廉的价钱买来的，而我在加里马尔书店买的高克多亲笔签名赠给诗人法尔格（Fargue）的初版本 *Opera*，却使我花了七十法郎。但是我相信这是他错给我的，因为书是用蜡纸包封着，他没有拆开来看一看；看见那献辞的时候，他也许不会这样便宜卖给我。另一个摊子是一个青年人摆的，书的选择颇精，大都是现代作品的初版和善本，所以常常得到我的光顾。我只知道这青年人的称字叫昂德莱，因为他的同行们这样称呼他，人很圆滑，自言和各书店很熟，可以弄得到价廉物美的后门货，如果顾客指定要什么书，他都可以设法。可是我请他弄一部《纪德全集》，他始终没有给我办到。

可以划在第三地带的是从新桥经过圣米式尔场到小桥这一段。这一段是赛纳河左岸书摊中的最繁荣的一段。在这一带，书摊比较都整齐一点，而且方面也多一点，太太们家里没事想到这里来找几本小说消闲，也有；学生们贪便宜想到这里来买教科书参考书，也有；文艺爱好者到这里来寻几本新出版的书，也有；学者们要研究书，藏书家要善本书，猎奇者要珍秘书，都可以在这一带获得满意而回。在这一带，书价是要比他处高一些，然而总比到旧书铺里去买便宜。健吾兄觅了长久才在圣米式尔大场的一家旧书店中觅到了一部《龚果尔日记》，花了六百法郎喜欣欣的捧了回去，以为便宜万分，可是在不久之后我就在这一带的一个书摊上发现了同样的一部，而装订却考究得多，索价就只要二百五十法郎，使他悔之不及。可是这种事是可遇而不可求的，跑跑旧书摊的人第一不要抱什么一定的目的，第二要有闲暇有耐心，翻得有劲儿便多翻翻，翻倦了便看看街头熙来攘往的行人，看看旁边赛纳河静静的逝水，否则跑得腿酸汗流，眼花神倦，还是一场没结果回去。话又说远了，还是来说这一带的书摊吧。我说这一带的书较别带为贵，也不是胡说的，例如整套的 *Echanges* 杂志，在第一地带中买只须十五个法郎，这里却一定要二十个，少一个不卖；当时新出版原价是二十四法郎的 *Celine* 的 *Voyage au boutde Ianuit*，在那里买也非十八法郎不可，竟只等于原价的七五折。这些情形有时会令人生气，可是为了要读，也不得不买回去。价格最高的是靠近圣米式尔场的那两个专卖教科书参考书的摊子。学生们为了要用，也不得不硬了头皮去买，总比买新书便宜点。我从来没有做过这些摊子的主顾，反之他们倒做过我的主顾。因为我用不着的参考书，在穷极无聊的时候总是拿去卖给他们的。

这里，我要说一句公平话：他们所给的价钱的确比季倍尔书店高一点。这一带专卖近代善本书的摊子只有一个，在过了圣米式尔场不远快到小桥的地方。摊主是一个不大开口的中年人，价钱也不算顶贵，只是他一开口你就莫想还价：就是答应你也还是相差有限的，所以看着他陈列着的《泊鲁思特全集》，插图的《天方夜谭》全译本，Chirico 插图的阿保里奈尔的 *Calligrammes*，也只好眼红而已。在这一带，诗集似乎比别处多一些，名家的诗集化四五个法郎就可以买一册回去，至于较新一点的诗人的集子，你只要到一法郎或甚至五十生丁的木匣里去找就是了。我的那本仅印百册的 Jean Gris 插图的 Reverdy 的《沉睡的古琴集》，超现实主义诗人 Gui Rosey 的《三十年战争集》等，便都是从这些廉价的木匣子里翻了来的。还有，我忘记说了，这一带还有一两个专卖乐谱的书铺，只是对于此道我是门外汉，从来没有去领教过吧。

从小桥到须里桥那一段，可以算是河沿书摊的第四地带，也就是最后的地带。从这里起，书摊便渐渐地趋于冷落了。在近小桥的一带，你还可以找到一点你所需要的东西。例如有一个摊就有大批 N.R.F. 和 Crassct 出版的书，可是那位老板娘讨价却实在太狠，定价十五法郎的书总要讨你十二三个法郎，而且又往往要自以为在行，凡是她心目中的现代大作家，如摩里向克、摩洛阿、爱眉（Ayme）等，就要敲你一笔竹杠，一点也不肯让价；反之，像拉尔波、茹昂陀、拉第该、阿郎等优秀作家的作品，她倒肯廉价卖给你。从小桥一带再走过去，便每况愈下了。起先是虽然没有什么好书，但总还能维持河沿书摊的尊严的摊子，以后呢，卖破旧不堪的通俗小说杂志的也有了，卖陈旧的教科书和一无用处的废纸的也有了，快到须里桥那一段，竟连卖破铜烂铁、旧摆设、假古董的也有了；而那些摊子的主人呢，他们的样子和那在下面赛纳河岸上喝劣酒、钓鱼或睡午觉的街头巡阅使（Clochard），简直就没有什么大两样。到了这个时候，巴黎左岸书摊的气运已经尽了，你腿也走乏了，你的眼睛也看倦了，如果你袋中尚有余钱，你便可以到圣日尔曼大街口的小咖啡店里去坐一会儿，喝一杯儿热热的浓浓的咖啡，然后把你沿路的收获打开来，预先摩挲一遍，否则如果你已倾了囊那么你就走上须里桥去，倚着桥栏，俯看那满载着古愁并饱和着圣母祠的钟声的，赛纳河的悠悠的流水，然后在华灯初上之中，闲步缓缓归去，倒也是一个经济而又有诗情的办法。

说到这里，我所说的都是赛纳河左岸的书摊，至于右岸的呢，虽则有从新桥到沙德莱场，从沙德莱场到市政厅附近这两段，可是因为传统的关系，因为所处的地位的关系，也因为货色的关系，它们都没有左岸的重要，只在走完了左岸书摊尚有余兴的时候或从卢佛尔（Louvre）出来的时候，我才顺便去走走，虽然间有所获，如查拉的 *L'homme approximatif* 或卢梭（Henri Rousseau）的画集，但这是极其偶然的事；通常，我不是空手而归，便是被那街上的鱼虫花鸟店所吸引了过去。所以，原意去"访书"而结果买了一头红头雀回来，也是有过的事。

　　　　　　　　　　　载《宇宙风》第四十五期，一九三七年七月十六日

香港的旧书市

这里有生意经，也有神话。

香港人对于书的估价，往往是会使外方人吃惊的。明清善本书可以论斤称，而一部极平常的书却会被人视为稀世之珍。一位朋友告诉我，他的亲戚珍藏着一部《中华民国邮政地图》，待价而沽，须港币五千元（合国币四百万元）方肯出让。这等奇闻，恐怕只有在那个小岛上听得到吧。版本自然更谈不到，《明版康熙字典》一类的笑谈，在那里也是家常便饭了。

这样的一个地方，旧书市的性质自然和北平、上海、苏州、南京等地不同。不但是规模的大小而已，就连收买的方式和售出的对象，也都有很大的差别。那里卖旧书的仅是一些变相的地摊，沿街靠壁钉一两个木板架子，搭一个避风雨的遮棚，如此而已。收书是论斤断秤的，道林纸和报纸印的书每斤出售的港币一二毫，而全张报纸的价钱却反而高一倍；有硬面书皮的洋装书更便宜一点，因为纸板"重秤"。中国纸的线装书，出到一毫一斤就是最高的价钱了。他们比较肯出价钱的倒是学校用的教科书、簿记学书、研究养鸡养兔的书等，因为要这些书的人是非购不可的，所以他们也就肯以高价收入了。其次是医科和工科用书，为的是转运内地可以卖很高的价钱。此外便剩下"杂书"，只得卖给那些不大肯出钱的他们所谓"藏家"和"睇家"了。他们最大的主顾是小贩，这并不是说香港小贩最深知读书之乐，他们对于书籍的处理是更实际一点，拿来做纸袋包东西，其次是学生，像我们这种并不从书籍得到"实惠"的人，在他们是无足重轻的。

旧书摊最多的是皇后大道中央戏院附近的楼梯街，现在共有五个摊子。从大道拾级上去，左手第一家是"龄记"，管摊的是一个十余岁的孩子（他父亲则在下面一点公厕旁边摆废纸摊），年纪最小，却懂得许多事。著《相对论》的是爱因斯坦，哥德是德国大文豪，他都头头是道。日寇占领香港后，这摊子收到了大批德日文学书，现在已卖得一本也不剩，又经过了一次失窃，现在已经没有什么好东西了。隔壁是"焯记"，摊主是一个老实有礼貌的中年人，专卖中国铅印书，价钱可不便宜，不看也没有什么关系。他对面是"季记"，管摊的是姐妹二人。到底是女人，收书卖书都差点功夫。虽则有时能看顾客的眼色和态度见风使舵，可是索价总嫌"离谱"（粤语不合分寸）一点。从前还有一些四部丛刊零本，现在却单靠卖教科书和字帖了。"季记"隔壁本来还有"江培记"，因为生意不好，已把存货秤给鸭巴甸街的"黄沛记"，摊位也顶给卖旧铜烂铁的了。上去一点，在摩罗街口，是"德信书店"，虽号称书店，却仍旧还是一个摊子。主人是一对少年夫妇，书相当多，可是也相当贵。他以为是好书，就一分钱不让价，反之，没能被他注意的书，讨价之廉竟会使人不相信。"格吕尼"版的波特莱尔的《恶之华》和翰波的《作品集》，两册只讨港币一元，希米式的《莎士比亚字典》会论斤秤给你，这等事在我们看来，差不多有点近乎神话了，"德信书店"隔壁是"华记"。虽则摊号仍是"华记"，老板却已换过了。原来的老板是一家父母兄弟四人，在沦陷期中旧书全盛时代，他们在楼梯街竟拥有两个摊子之多。一个是现在这老地方，一个是在"焯记"隔壁，现在已变成旧衣摊了。因为来路稀少，顾客不多，他们便把滞销的书盘给了现在的管摊人，带着好销一些的书到广州去开店了，听说生意还不错呢。现在的"华记"已不如从前远甚，可是因为地利的关系（因为这是这条街第一个摊子，经荷里活道拿下旧书来卖的，第一先经过他的手，好的便宜的，他有选择的优先权），有时还有一点好东西。

在楼梯街，当你走到了"华记"的时候，书市便到了尽头。那时你便向左转，沿着荷里活道走两三百步，于是你便走到鸭巴甸街口。

鸭巴甸街的书摊名声还远不及楼梯街的大，规模也比较小一点，书类也比较新一点。可是那里的书，一般地说来，是比较便宜点。下坡左首第一家是"黄沛记"，摊主是世业旧书的，所以对于木版书的知识，是比其余的丰富得多，可是对于西文书，就十分外行了。在各摊中，这是取价最廉的一个。他抱着薄利多销主义，所以虽在米珠薪桂的时期，虽则有八口之家，他还是每餐可以饮二两双蒸酒。可是近来他的摊子上也没有什么书，只剩下大批无人过问的日文书，和往日收下来的瓷器古董了。"黄沛记"对面是"董莹光"，也是鸭巴甸街的一个老土地。

可是人们却称呼他为"大光灯"。大光灯意思就是煤油打气灯。因为战前这个摊子除了卖旧书以外还出租煤油打气灯。那些"大光灯"现在已不存在了，而这雅号却留了下来。"大光灯"的书本来是不贵的，可是近来的索价却大大地"离谱"。据内中人说，因为有几次随便开了大价，居然有人照付了，他卖出味道来，以后就一味地上天讨价了。从"董莹光"走下几步，开在一个店铺中的，是"萧建英"。如果你说他是书摊，他一定会跳起来。因为在楼梯街和鸭巴甸街这两条街上，他是唯一有店铺的——虽则是极其简陋的店铺。管店的是兄弟二人。那做哥哥的人称之为"高佬"，因为又高又瘦。他从前是送行情单的，路头很熟，现在也差不多整天不在店，却四面奔走着收书。实际上在做生意的是他的十四五岁的弟弟。虽则还是一个孩子，做生意的本领却比哥哥更好，抓定了一个价钱之后，你就莫想他让一步。所以你想便宜一点，还是和"高佬"相商。因为"高佬"收得勤，书摊是常常有新书的。可是，近几月以来，因为来源涸绝，不得不把店面的一半分租给另一个专卖翻版书的摊子了。

在现在的"萧建英"斜对面，战前还有一家"民生书店"，是香港唯一专卖线装古书的书店，而且还代顾客装潢书籍号书根。工作不能算顶好，可是在香港却是独一无二的。不幸在香港沦陷后就关了门，现在，如果在香港想补裱古书，除了送到广州去以外就毫无办法了。

鸭巴甸街的书摊尽于此矣，香港的书市也就到了尽头了。此外，东碎西碎还有几家书摊，如中环街市旁以卖废纸为主的一家，西营盘兼卖教科书的"肥林"，跑马地黄泥甬道以租书为主的一家，可是绝少有可买的书，奉劝不必劳驾。再等而下之，那就是禧利街晚间的地道的地摊子了。

巴巴罗特的屋子——记都德的一个故居

你也曾读过那轻松、流畅、愉快而微微带着一点烦忧的《磨坊文札》，或是那有时悲壮沉抑、有时慷慨激昂的《月曜故事》，或是那充满了人情味和轻微的冷嘲的《小物件》吗？[①] 这些迷人的书的作者阿尔封思·都德的名字，想来总是深深地印在你的脑中吧。我不知道读者是否还记得都德在《小物件》中记叙他儿时在里昂的生活的那几页；在我个人呢，因为也会在这"雾的城市"中挨过一些无聊的岁月，所以对于这几页印象颇深。

都德的家乡本来是在法国南方的尼麦，因为他父亲经商失败，才举家迁到里昂去。他们之所以选了里昂，无疑因为它是法国第二大名城，对于重兴家业很有希望吧。所以，在 1849 年，那父亲万桑·都德，便带着一家老小——那就是说：他的妻子，他的三个儿子，他的小女儿安娜，和那就是没有工钱也愿意跟着老东家的忠心的女仆——从尼麦搭船溯赛纳河来到了里昂。这段现在火车只消三四小时的路，他们竟走了三天。在《小物件》中，我们可以看到他们到达里昂时的情景："在第三天傍晚，我以为我们要淋一阵雨了。天突然阴暗了起来：一片沉雾在河上飘舞着。在船头上，已点起了一盏大灯，真的，看到了这些兆头，我着急起来了……在这个时候，有人在我旁边说：'里昂到了！'同时，那口大钟敲了起来。这就是里昂。"

---

① 《磨坊文札》有成绍宗先生全译本;《月曜故事》未有全译，胡适先生曾从此集译过《最后一课》《柏林之围》等名篇;《小物件》有李劼人先生译本（鄙意《小物件》不如译为《小东西》更好）。此外王实味先生译有《萨芙》，李劼人先生译有《憾哈士孔的狒狒》，罗玉君先生译有《婀丽女郎》，都是都德的名著。都德的文章轻松流畅，读之如闻其声，如见其人，而我国各译本均不得保持这种长处，颇为憾事。——作者原注

里昂是以多雾出名的，一年四季晴朗的日子少阴霾的日子多，尤是入冬以后，差不多就终日在黑沉沉的冷雾里度生活，一开窗雾就往屋子里扑，一出门雾就朝鼻子里钻，使人好像要窒息似的。在《小物件》中，我们可以看到都德这样说："我记得那罩着一层烟煤的天，从两条河上升起来的一片永恒的雾。天并不下雨，它下着雾，而在一种软软的氛围气中，墙壁淌着眼泪，地下出着水，楼梯的扶手摸上去发黏。居民的神色、态度、语言，都感觉到空气潮湿的意味。"

一到了这个雾城之后，都德一家就住到拉封路去。那是一条狭窄的小路，离赛纳河不远，就在市政厅西面。我曾经问过好几位里昂人，可是没有一个人能确切地回答我，谁知竟在这样一条阴暗的陋巷中，而且还是我自己瞎撞到的。

那是一排很俗气的屋子。因为街道狭的原故，里面暗黑是不用说了。路是石块铺砌的，高低不平，加之里昂的那种天气，晴天也像雨天，一步一滑，走起来异常吃力。等找到了那所房子的门口，满以为会柳暗花明又一村了，却仍然是那股俗气：一扇死板板的门，虚掩着，窗上加了铁栅，黝黑的墙壁淌着泪水，像都德所说的一样，伸出手去摸门，居然是发黏的。这就是都德的一个故居！而他们竟在这里住了三年。

这就是《小物件》中所说的："巴巴罗特"的屋子。所谓"巴巴罗特"者，类似我们习见的蟑螂而较小。在《小物件》中，都德对于这个字下了这样的一个注释："在我们南方，有一种黑色的昆虫，我们给了他这个名称，国家学院名之为蜚蠊，即北方人所谓加发尔。"

这种小生物和我们的蟑螂有一样的习惯，通常出没于厨房之中，我们且看都德怎样说吧：

"……当那女仆阿奴安顿到她的厨房里去的时候，一跨进门就发了一声急喊：巴巴罗特！巴巴罗特！我们赶过去。怎样的一种光景啊！厨房里爬满了那些坏虫子。碗橱上，墙上，抽屉里，壁炉架上，食橱上，什么地方都有！我们不存心地踏死它们。噗！阿奴已经弄死它们，它们越是来。它们从洗碟盆的洞里来。我们把洞塞住了，可是第二天早上，它们又从别一个地方来了。……"

201

结果他们只得买了一只猫来，于是每晚这厨房中都有一番"骇人的屠杀了"。

都德并没有说这些"巴巴罗特"到底给歼灭了没有。可是这"巴巴罗特的屋子"的名称，在文学上已是不朽的了。

在这巴巴罗特的屋子里，都德一家六口，再加上一个女仆，从1849年一直住到1851年。在里昂1851年的户口调查表上，我们看到都德的家况：

> 维桑·都德，业布匹印花，四十三岁；阿代琳·雷诺，都德妻，四十四岁；曷奈思特·都德，学生，十四岁；阿尔封思·都德，学生，十一岁；安娜·都德，幼女，三岁；昂利·都德，学生，十九岁。

昂利是立意做教士的，他不久就到阿里克斯的神学校读书去了。他是早年就夭折了的。在《小物件》中，你们大概总还记得写这神学校生徒之死的那动人的一章吧："他死了，替他祷告吧。"

那个那么怕"巴巴罗特"的女仆阿奴，实在叫阿奈忒。在那张户口调查表上，除了都德家属以外，这样记着：阿奈忒·特兰盖，女仆，三十三岁。

维桑·都德便在里昂又重理起他旧业来，可是生活却艰苦得很，不得不节衣缩食，用尽方法减省。阿尔封思被送到圣别尔代戴罗的唱歌学堂去，曷奈思特在里昂中学读书，而不久阿尔封思也转入了这个学校。后来阿尔封思得到了奖学金，读到毕业，而那做哥哥的曷奈思特，却不得不因家境关系，辍学去帮助父亲挣那一份家。关于这些，《小物件》自然没有，可是在曷奈思特·都德的那本回忆记：《我的弟弟和我》中，却有很详细的记载。

1934年3月的一个傍晚，我来到了那消磨了那《磨坊文札》的作者一部分的童年的所谓"巴巴罗特"的屋子前面。门是虚掩着。我轻轻地叩了两下，没有人答应，我退后一步，抬起头来，向靠街的楼窗望上去：窗闭着，我看见白色和淡青色的静静的窗帘。而在大门上面和二层楼的窗下，我又看见了一块石头的牌子，它告诉我这位那么优秀的作家曾经在这儿住过，像我所知道的一样。我又走上去叩门，这一次是重一点了，但是还没有人答应。我伫立着，等待什么人出来。

我听到里面有轻微的脚步声慢慢地近来，虚掩着的门开了一半。从那里，探出了一个老妇人的皱瘪的脸儿来。她先把我从头到脚打量了一番：

"先生，你找谁？"她然后这样问。

我告诉她说，我并不找什么人，却是想来参观一下一位小说家的旧居。那位小说家就是阿尔封思·都德，在八十多年前，曾在这里的四层楼上住过。

"什么，你来看一位在八十多年前住在这里的人！"她怀疑地望着我。

"我的意思是说，"我连忙解释，"我想看看这位小说家住过的地方。譬如你老人家从前住在一个什么城里，现在经过这个城，去看看你从前住过的地方。我呢，我读过这位小说家的书，知道他在这里住过，顺便来看看，就是这个意思。"

"你说哪一位小说家？"

"阿尔封思·都德，写《磨坊文札》的那一位。"我说。

"不知道。你说他从前住在四楼？"

"正是，我可以去看看吗？"

"这可办不到，先生，"她断然地说，"那里有人住着，是盖奈先生。再说，你也看不到什么，那是很普通的几间屋子。"

说着，她就想把门关上了，可是我拦住了她，急促地问：

"对不起，太太，你们那里有很多蟑螂吗？"

"啊！"这个出其不意的问题使她愣住了，她张大了眼睛，一时回答不出话来。接着，突然误会到我和她开玩笑，她愤然地说：

"有很多蟑螂关你什么！先生，对不起，我没有空和你开玩笑，再见。"说着就缩进头去，把门关上了。

我踌躇了一会儿，又摸了一下发黏的门，望了一眼门顶上的石牌，想着里昂人纪念这位大小说家只有这一片顽石，不觉有点怅惘，打算走了。

可是在这个时候，天突然阴暗起来，我急速向南靠赛纳河那面走出拉封路去，以为要淋一身雨了：天并不下雨，它又在那里下雾了。而在赛纳河上，我看见一片沉雾飘舞着，点街灯的人慢慢地走着，街灯陆续在雾里发出朦胧的光来，而在远处，一口钟响了起来，正像在 1849 年那幼小的阿尔封思·都德初到里昂的时候一样。

载《华侨日报·文艺周刊》第六十四期，一九四五年四月二十二日

记诗人许拜维艾尔

二十年前还是默默无闻的许拜维艾尔，现在已渐渐地超过了他的显赫一时的同代人，升到巴尔拿斯的最高峰上了。和高克多（Coeteau），约可伯（Jacob），达达主义者们，超现实主义者们等相反，他的上升是舒徐的，不喧哗的，无中止的，少波折的。他继续地升上去，像一只飞到青空中去的云雀一样，像一只云雀一样地，他渐渐地使大地和太空都应响着他的声音。

现代的诗人多少是诗的理论家，而他们的诗呢，符合这些理论的例子。爱略特（T.S.Eliot）如是，耶芝（W.B.Yeats）如是，马里奈谛（Marinetti）如是，玛雅可夫斯基（Mayakovsky）如是，梵乐希（Valéry）亦未尝不如是。他们并不把诗作为他们最后的目的，却自己制就了樊笼，而把自己幽囚起来。许拜维艾尔是那能摆脱这种苦痛的劳役的少数人之一，他不倡理论，不树派别，却用那南美洲大草原的青色所赋予他，大西洋海底珊瑚所赋予他，喧嚣的"沉默"微语的星和驯熟的夜所赋予他的辽远，沉着而熟稔的音调，向生者、死者、大地、宇宙、生物、无生物吟哦。如果我们相信诗人是天生的话，那么他就是其中之一。

1935 年，当春天还没有抛开了它的风、寒冷和雨的大氅的时候，我又回到了古旧的巴黎。一个机缘呈到了我面前，使我能在踏上归途之前和这位给了我许多新的欢乐的诗人把晤了一次（我得感谢那位把自己一生献给上帝以及诗的 Abbé Duperray）。

诗人是住在处于巴黎的边缘的拉纳大街（Boulevard Lannes）上，在蒲洛涅林（Bois de Boulogne）附近。在一个阴暗的傍晚，我到了那里。在那清静而少人迹的街道上彳亍着找寻诗人之家的时候，我想起了他的诗句：

有着岁月前来闻嗅的你的石建筑物，

拉纳大街，你在天的中央干什么？

你是那么地远离开巴黎的太阳和它的月亮，

竟至街灯不知道它应该灭呢还应该明，

竟至那送牛乳的女子自问，

那是否真是屋子，凸出着真正的露台，

那在她手指边叮当响着的，是牛乳瓶呢还是世界。

找到了拉纳大街四十七号的时候，天已开始微雨了，我走到一所大厦的门边，我按铃。铃声清晰地在空敞的门轩中响了好一些时候。一个男子慢慢地走了出来。

——"诗人许拜维艾尔先生住在这里吗？"我问。

——"在二楼，要我领你去吗？"

——"不必，我自己上去就是了。"

我在一扇门前站住。第二次，铃声又响了。这次，来给我开门的是一个女仆，她用惊讶的眼睛望着我，好像这诗人之居的恬静，是很少有异国的访客来搅扰的。

——"许拜维艾尔在家吗？"我问。

——"在家，您有名片吗？"

她接了我的名片，关了门，领我到一间客厅里，然后去通报诗人。

我在一张大圈椅上坐下来，开始对于这已经是诗人的一部分的客厅，投了短促的一瞥。古旧的家具，先人的肖像，紫檀的镂花中国屏风，厚厚的地毯：这些都是一个普通的法国人家所应有尽有的，然而一想到这些都是兴感诗人，走进他的生活中去，而做着他的诗中卑微然而重要的元素时候，这些便都披上了一层异样的光泽了。但是那女仆出来了，她对我说她的主人很愿意见我，虽然他在患牙痛。接着，在开门的声音中，许拜维艾尔已经在门框间现身出来了。

这是一位高大的人，瘦瘦的身体，长长的脸儿，宽阔的前额，和眼睛很接近的浓眉毛从鼻子的两翼出发下垂到嘴角边的深深的皱漕。虽则已到了五十以上的年龄，但是我们的诗人还显得很年轻，特别是他的那双奕奕有光的眼睛。有许多人是不大感到年岁的重负的，诗人也就是这一类人之一，虽然他不得不在心头时时重整精力，去用他的鲜血给"时间的群马"解渴。

——"欢迎你！"这是诗人的第一声。"我们昨天刚听到念你的诗，想不到今天就看到了你。"

当我开始对他说我对于他的景仰，向他道歉我打搅他等的时候。

——"不要说这些，"他说，"请到我书房里去坐吧，那里人们感到更不生疏一点。"于是他便开大了门，让我走到隔壁他的书屋里去。

任何都不能使许拜维艾尔惊奇，我的访问也不。他和一切东西默契着：和星、和树、和海、和石、和海底的鱼、和墓里的死者。就在相遇的一瞬间，许拜维艾尔已和我成为很熟稔的了，好像我们曾在什么地方相识过一样，好像有什么东西曾把我们系在一起过一样。

我在一张沙发上坐下来，舒适地，像在我自己家中一样。而他，横身在一张长榻上之后，便用他的好像是记忆中的声音开始说话了：

——是的，我昨晚才听到念你的诗。它们带来了一个新的愉快给我。我向你忏白，我不能有像你的《答客问》那样澄明静止的心。我闭在我的世界中，我不能忘情于它的一切。

的确，这"无罪的囚徒"并不是一位出世主义者，虽然他竭力摆脱自己，摆脱自己的心。他所需要的是一个更广大深厚得多的世界，包含日、月、星辰、太空的无空间限制的世界，混和过去、现在与未来的无时间限制的世界；在那里，没有死者和生者的区别，一切东西都是有生命有灵魂的生物。

——"我相信能够了解你，"我说，"如果你能够恕我的僭越的话，我可以向你提起你的那首《一头灰色的中国牛》吗？遥远地处于东西两个极端的生物，是有着他们不同的性根，那是当然的，正如乌拉圭的牛沉醉于 *Pampa* 的太阳和青空，而中国的牛彳亍于青青的稻田中一样，但是却有一种就是心灵也难以把握得住的东西，使他们默契，把他们联在一起，这东西，我想就是'诗'。"

——"这倒是真的，"诗人微笑着说，眼睛发着光。"我们总好像觉得自己是孤独地生活着，被关在一个窄狭到有时几乎不能喘息的范围里，因而我们便不得不常常想到这狭隘的囚牢以外的世界，以及这世界以外的宇宙……"诗人似乎在沉思了；接着，他突然说："想不到你对于我的诗那么熟悉。你觉得它怎样，这首

《一头灰色的中国牛》？这是我比较满意的诗中的一首。"

——"它启发了我对于你的认识，并使我去更清楚地了解你。"

因为说到中国，许拜维艾尔便和我谈起中国来了。他说他曾经历过许多国土，不过他至今引以为遗憾的，便是他尚未到过中国。他说他的友人昂利·米书（Henry Michaux）曾到过中国，写过一本关于中国的书，对他盛称中国之美，说那自认为最文明的欧洲人，在亚洲只是一个野蛮人而已。我没有读过米书的作品，所以也没有和许拜维艾尔多说下去。可是他却兴奋起来，好像立时要补偿他的憾恨似的，向我讯问起旅行中国的问题来，如旅程要多少日子，旅费大概要多少，入境要经过什么手续，生活程度如何，语言的隔膜如何打破等。而在从我这里得到一个相当的解决之后，他下着这样的结论：

——"我总得到中国去一次。"于是他好像又沉思起来了。

我趁空把这书室打量了一下。那是一间长方形的房间，书架上排列着诗人所爱读的书，书案是在近窗的地方，而在案头，我看见一本新出版的 *MESURES*。窗扇都关闭了，不能望见窗外的远景，而在电灯的光下，壁上的名画便格外烘托出来了；在这里面，我辨出了马谛思（Matisse）、塞公沙克（D. de Segonzac）、比加索（Picasso）等法国当代画伯的作品。我们是在房间的后部，在那里，散放着几张沙发，一两张小几和一张长榻，而我们的诗人便倚在这靠壁的长榻上；榻旁的小几上放着几张白纸，大概是记录诗人的灵感的。

诗人站了起来在房里走了几步，于是：

——"你最爱哪几位法国诗人？"他这样问我。

——"这很难说，"我回答，"或许是翰波（Rimbaud）和罗特亥阿蒙（Lautreamont）；在当代人之间呢，我从前喜欢过耶麦（Jammes）、福尔（Paul Fort）、高克多（Cocteau）、雷佛尔第（Reverdy），现在呢，我已把我的偏好移到你和爱吕阿尔（Eluard）身上了。你瞧，这样的驳杂！"

听我数说完了这些名字的时候，许拜维艾尔认真地说：

——"这也很自然的，除了少数一二人以外，我的趣味也差不多和你相同的。福尔先生是我尤其感激的，我最初的诗集还是他给我写的序文呢。而罗特亥阿蒙！想不到罗特亥阿蒙也是你所爱好的诗人！那么拉福尔格（Laforgue）呢？"

我们要晓得，拉福尔格和罗特亥阿蒙都是颇有影响于许拜维艾尔的，像他们一样，他是出生在乌拉圭国的蒙德维艾陀（Monteviedo）的，像他们一样，他的祖先是比雷奈山乡人，像他们一样，他是法国诗人。在《引力集》中我们可以看到下面的诗句：

> 不论在什么地方我都掘着地，希望你会从地下出来，
> 我用肘子推开房屋和森林，去看你在不在后面，
> 我会整夜地大开着门窗等着你，
> 面前放着两杯酒，而不愿去沾一沾口。
> 但是，罗特亥阿蒙，
> 你却不来。

——"拉福尔格吗？"我说。"可惜我没有多读他的作品，还在我记忆中保存着的，只《来临的冬天》（*L'hiver qui vient*）等数首而已。"接着，我便对他说起他新近出版的诗集《不相识的朋友们》（*Les Amis Inconnus*）。

——"我最近读了你的诗集《不相识的朋友们》。"

——"是吗？你已经买了吗？我应该送你一册的，可惜我现在手头只剩一本了。你读了吗，你的感想怎样？"

我没有直接回答他，却向他念了一节《不相识的朋友们》中的诗句：

> ——我将来的弟兄们，你们有一天会说：
> 一位诗人取了我们日常的言语，
> 用一种无限地更悲哀而稍不残忍一点的
> 新的悲哀，去驱逐他的悲哀……

在他的瘦长的脸上，又浮上了一片微笑，一片会心的微笑，一边出神地凝视着我。沉默降了下来。

在沉默中，我听到了六下钟声。我来了已有一个多钟头了，我应该走了。我站了起来：

——"对不起，我忘记了你牙痛了。我不该再搅扰你，我应该走了。"

208

——"啊！连我自己也忘了牙痛了。我还忘了我已约定了牙医的时间了，我们都觉得互相有许多话要说。你住在巴黎吗？我们可以约一个时间再谈，你什么时候有空吗？"

——"我明天就要离开巴黎，"我说，"而且不久就要离开法国了。"

——"是吗？"

他惊愕地说。"那么我们这次最初的见面也许就是最后一次了。"

——"我希望我能够再到法国来，或你能够实现你的中国旅行。"

——"希望如此吧。不错，我不能这样就让你走的，请你等一等。"他说着就走到后面的房间中去，一会儿，他带了一本书出来：

——"这是我的第三本诗集《码头》（Débarcadères）现在已经绝版，在市上找不到的了，请你收了做个记念吧！"接着他便取出笔来，在题页上写了这几个字："给诗人戴望舒作为我们初次把晤的纪念。茹勒·许拜维艾尔谨赠。"

当我一边称谢一边向他告别的时候，他说：

——"等一等，我们一道出去吧。我得去找牙医。我们还可以在路上谈一会儿。"

他进去了，我隐隐听见他和家人谈话的声音，接着他便带了大鬃雨伞出来，因为外面在下雨。向这诗人的书斋投射了最后一眼，我便走了出来。诗人给我开了门，让我走在前面，他在后面跟着。

——"你没有带伞吗？"在楼梯上他对我说。"天在下雨。不要紧，你乘地道车回去吗？我也去乘地道车，我可以送你到那里。你不会淋湿的。"

到了大门口，他把伞张开了。天在下着密密的细雨，而且斜风吹着。于是，在这斜风细雨中，在淋湿的铺道上，在他的伞下面，我们开始彳亍着了。

——"你近来有新作吗？"我问。

——"我在写一部戏曲，写成了大约交给茹佛（Louis Jouvet）去演。说起，你看过我的《林中美人》（La Belle an Bois）吗？"

——"那简直可以说是一首绝好的诗。而比多艾夫夫妇（Ludmilla et Georges Pitoë ff）的演技，那真是一个奇迹！可惜我没有机会再看一遍了。"

我想起了他的诗作的西班牙文选译集：

——"我在西班牙的时候读到你的诗的西班牙译本。如果没有读过你的诗的话，人们一定会把你当做一个当代西班牙大诗人呢。的确，在有些地方，你是和西班牙现代诗人有着共同之点的，是吗？"

——"约翰·加梭（Jean Cassou）也这样说过。这也是可能的事，有许多关系把我和西班牙连系在一起。那些西班牙现代的新诗人们，加尔西亚·洛尔加（Garcia Lorca），阿尔倍尔谛（Alberti），沙里纳思（Salinas），季兰（Guillen），阿尔多拉季雷（Alto'a guerre），都是我的很好的朋友。说起，你也常读这些西班牙诗人吗？"

——"我所爱好的西班牙现代诗人是洛尔加和沙里纳思。"

我们转了一个弯，经过了一个小方场，夹着雨的风打到我们的脸上来。许拜维艾尔把伞放低了一些。

——"我很想选你一些诗译成中国文，"沉默了一些时候我对他说，"你可以告诉我你自己爱好的是哪几首吗？"

——"唔，让我想想看。"他接着就沉浸在思索中了。

地道车站到了。当我们默不作声地走下地道去的时候，许拜维艾尔对我说：

——"你身边有纸吗？"

我从衣袋里取出一张纸给他。他接了纸，取出自来水笔，于是，靠着一个冷清清的报摊，他便把他自己所选的几首诗的诗题写了给我。而当我向他称谢的时候：

——"总之，你自己看吧。"他说。

我们走进站去，车立刻就到了。上了拥挤的地道车后，我们都好像被一种窒息的空气以外的东西所封锁住喉咙。我们都缄默着。

Étoile 站快到了，我不得不换车回我的居所去。我向诗人握手告别。

"希望我们能够再见吧！"许拜维艾尔紧紧地握着我的手说。

我匆匆地下了车，茫然在月台上站立着。

车降降地响着，又开了，载着那还在向我招手的诗人许拜维艾尔，穿到暗黑的隧道中去。

载《新诗》第一卷第一期，一九三六年十月

山居杂缀①

山　风

　　窗外，隔着夜的蚱蒙，迷茫的山岚大概已把整个峰峦笼罩住了吧。冷冷的风从山上吹下来，带着潮湿，带着太阳的气味，或是带着几点从山涧中飞溅出来的水，来叩我的玻璃窗了。

　　敬礼啊，山风！我敞开门窗欢迎你，我敞开衣襟欢迎你。

　　抚过云的边缘，抚过崖边的小花，抚过有野兽躺过的岩石，抚过缄默的泥土，抚过歌唱的泉流，你现在来轻轻地抚我了。说啊，山风，你是否从我胸头感到了云的飘忽，花的寂寥，岩石的坚实，泥土的沉郁，泉流的活泼？你会不会说，这是一个奇异的生物！

雨

　　雨停止了，檐溜还是叮叮地响着，给梦拍着柔和的拍子，好像在江南的一只乌篷船中一样。"春水碧如天，画船听雨眠"，韦庄的词句又浮到脑中来了。奇迹也许突然发生了吧，也许我已被魔法移到苕溪或是西湖的小船中了吧……

　　然而突然，香港的倾盆大雨又降下来了。

---

　　① 《山居杂缀》是望舒战时卜居香港的一组随笔，共有四篇，《山风》《雨》《树》《失去的园子》，发表于1945年7月8日的《香岛日报》。这组随笔写来幽深细致，文字虽然也是一般的事实质朴，却不再似有些游历文章那样流水账的枯索浮泛。

树

路上的列树已斩伐尽了，疏疏朗朗地残留着可怜的树根。路显得宽阔了一点，短了一点，天和人的距离似乎更接近了。太阳直射到头顶上，雨淋到身上……是的，我们需要阳光，但是我们也需要阴荫啊。早晨鸟雀的唧啾声没有了，傍晚舒徐的散步没有了。空虚的路，寂寞的路！

离门前不远的地方，本来有棵合欢树，去年秋天，我也还采过那长长的荚果给我的女儿玩。它曾经婷婷地站立在那里，高高地张开它的青翠的华盖一般的叶子，寄托了我们的梦想，又给我们以清阴。而现在，我们却只能在虚空之中，在浮着云片的青空的背景上，徒然地描着它的青翠之姿了。像这样夏天的早晨，它的鲜绿的叶子和火红照眼的花，会给我们怎样的一种清新之感啊！它的浓阴之中藏着雏鸟的小小的啼声，会给我们怎样的一种喜悦啊！想想吧，它的消失对于我是怎样地可悲啊。

抱着幼小的孩子，我又走到那棵合欢树的树根边来了。锯痕已由淡黄变成黝黑了，然而年轮却还是清清楚楚的，并没有给苔藓或是芝菌侵蚀去。我无聊地数着这一圈圈的年轮：四十二圈！正是我的年龄。它和我过度了同样的岁月，这可怜的合欢树！

树啊，谁更不幸一点，是你呢，还是我？

失去的园子

跋涉的挂虑使我失去了眼界的辽阔和余暇的寄托。我的意思是说，自从我怕走漫漫的长途而移居到这中区的最高一条街以来，我便不再能天天望见大海，不再拥有一个小圃了。屋子后面是高楼，前面是更高的山，门临街路，一点隙地也没有。从此，我便对山面壁而居，而最使我怅惘的，特别是旧居中的那一片小小的园子，那一片由我亲手拓荒、耕耘、施肥、播种、灌溉、收获过的贫瘠的土地。那园子临着海，四周是苍翠的松树，每当耕倦了、抛下锄头、坐到松树下面去，迎着从远处渔帆上吹来的风，望着辽阔的海，就已经使人心醉了。何况它又按着季节，给我们以意外丰富的收获呢。

可是搬到这里以后，一切都改变了，载在火车上和书籍一同搬来的耕具：锄头、铁耙、铲子、尖锄、除草耙、移植铲、灌溉壶等等，都冷落地被抛弃在天台上，而且生了锈。这些可怜的东西！它们应该像我一样地寂寞吧。

好像是本能地，我不时想着"现在是种番茄的时候了"，或是"现在玉蜀黍可以收获了"，或是"要是我能从家乡弄到一点蚕豆种就好了"！我把这种思想告诉了妻，于是她就提议说："我们要不要像邻居那样，叫人挑泥到天台上去，在那里开一个园地？"可是我立刻反对，因为天台是那么小，而且阳光也那么少，给四面的高楼遮住了。于是这计划打消了，而旧园的梦想却仍旧继续着。

大概看到我常常为这种思想困恼着吧，妻在偷偷地活动着。于是，有一天，她高高兴兴地来对我说："你可以有一个真正的园子了。你不看见我们对邻有一片空地吗？他们人少，种不了许多地，我已和他们商量好，划一部分地给我们种，水也很方便。现在，你说什么时候开始吧。"

她一定以为会给我一个意外的喜悦的，可是我却含糊地应着，心里想："那不是我的园地，我要我自己的园地。"可是为了不要使妻太难堪，我期期地回答她："你不是劝我不要太疲劳吗？你的话是对的，我需要休息。我们把这种地的计划打消了吧。"

213

读李贺诗杂记①

李贺筈篌引"吴质不眠倚桂树,露脚斜飞湿寒兔"两句,借月作喻,然吴质与月桂无涉也。按段成式《酉阳杂俎》卷一云:

> 旧言月中有桂,有蟾蜍,故异书言:月桂高五百丈,下有一人,常斫之,树创随合。人姓吴名刚,西河人,学仙有过,谪令伐树。

据此,吴质当为吴刚之误。

张固《幽闲鼓吹》云:

> 李贺以歌诗谒韩吏部,吏部时为国子博士分司,送客归极困,门人呈卷,解带旋读之,首篇雁门大守行曰:"黑云压城城欲摧,甲光向日金鳞开。"却援带命邀之。

今传金刊本,"日"字作"月"字。按《文苑英华》卷一九六,亦作"日"字;据此,月字必误。如系月字,则此句当为"甲光向月银鳞开"矣。

杨生青花石砚歌"数寸光秋无日昏"句,"光秋"当作"秋光",《全唐文》卷八二吴融《古瓦砚赋》云:"陶甄已往,含古色之几年,磨莹俄新,贮秋光之一片",可为一证。王琦注本云:"光秋,姚经三本作秋光",宋苏易简《交房四谱》卷三"砚谱"四之辞赋,引此诗亦作"秋光",可见旧本原不误也。

---

① 《小说戏曲论集》是吴晓铃根据戴望舒在中国小说戏曲研究方面的遗稿整理编辑而成,一九五八年二月由作家出版社出版。本书中的《读李贺诗杂记》《李绅〈莺莺歌〉逸句》《无鬼论》《读〈李娃传〉》均选自《小说戏曲论集》。

李绅《莺莺歌》逸句

唐元微之作《莺莺传》，记张生、莺莺遇合事，流布甚广，影响至远，后人传之歌咏，被之管弦者不一而足。如宋有赵令畤之《商调蝶恋花》十二阕，金有董解元《西厢记》诸宫调，元有王实甫之《西厢记》杂剧，明有李景云、陆采等《南西厢》传奇，清有查继佐之《续西厢》杂剧等，均为人所熟知，而与微之同代之李绅所作《莺莺歌》，虽微之传中已言"贞元岁九月，执事李公垂宿于余靖安里第，语及于是，公垂卓然称异，遂为《莺莺歌》以传之"等语，然终默默无闻。作品之传与不传，其亦有幸与不幸也。

李绅字公垂，润州无锡人，为元稹、白居易好友，为人短小精悍，于诗最有名。乐天诗："笑劝迁辛酒，闲吟短李诗。"所谓"短李"即公垂也。有《追昔游诗》三卷、《杂诗》一卷。《追昔游诗》今有传本，《杂诗》则收入《全唐诗》李绅诗卷四。

《全唐诗》本第四中，有《莺莺歌》，注云："一作东飞伯劳西飞燕歌，为莺莺作"，然仅八句，录之如下：

> 伯劳飞迟燕飞疾，垂杨绽金花笑日，绿窗娇女字莺莺，金雀丫鬟年十七；黄姑上天阿母在，寂寞霜姿素连质，门掩重关萧寺中，芳草花时不曾出。

此仅《莺莺歌》之篇首而非全诗，而《全唐诗》则认为全篇辑人。康熙时编纂《全唐诗》，搜罗书籍不可谓不广博，而此歌仅此八句。日本河世宁辑《全唐诗选》，用力至劬，然亦未收录此诗逸篇，可见此诗失传久矣。然此诗逸篇，至今犹有存

215

者，且在一吾人习见之书中，即董解元《西厢记》诸宫调是也。

董解元《西厢记》诸宫调征引公垂《莺莺歌》凡四处。虽仍不全，然据本事测度，至少已得三分之一。为使读者对于此重要仅次于微之《莺莺传》之名篇加以注意起见，为使公垂逸篇不再湮没起见，兹将《莺莺歌》现存诗句，录之如下。虽仍为断简残篇，然在治文学史者，亦一重要资料也。（《西厢记》诸宫调不论，即唐末韦庄《秦妇吟》，似亦颇受此诗影响。）

一、"伯劳飞迟燕飞疾"等八句，已见前，不再录。（卷一）

二、"河桥上将亡官军，虎旗长战交垒门，凤凰诏书犹未到，满城戈甲如云屯。家家玉帛弃泥土，少女娇妻愁被虏，出门走马皆健儿，红粉潜藏欲何处？呜呜阿母啼向天，窗中抱女投金钿，铅华不顾欲藏艳，玉颜转莹如神仙。"（卷二）

三、"此时潘郎未相识，偶住莲馆对南北，潜叹恓惶阿母心，为求白马将军力。明明飞诏五云下，将选金门兵悉罢，阿母深居鸡犬安，八珍玉食邀郎餐；千言万语对生意，小女初笄为姊妹。"（卷二）

四、"丹诚寸心难自比，曾在红笺方寸纸，常与春风伴落花，仿佛随风绿杨里。窗中暗读人不知，剪破红绡裁作诗，还把香风畏飘荡，自令青鸟口衔之。诗中报郎含隐语，郎知暗到花深处，三五月明当户时，与郎相见花间语①。"（卷三）

---

①　此据董解元《西厢记》诸宫调。暖红室刊《西厢记》附录"语"字作"路"字。

无鬼论

《晋书》阮瞻传云：

> 瞻素执无鬼论，物莫能难，每自谓此理足可以辩正幽明。忽有一客
> 通名诣瞻，寒温毕，聊谈名理。客甚有才辩，瞻与之言良久，及鬼神
> 之事，反复甚苦，客遂屈，乃作色曰："鬼神古今圣贤所共传，君何得
> 独言无？即仆便是鬼。"于是变为异形，须臾消灭。瞻默然，意色大恶。
> 后岁余，病卒于仓垣，时年三十。

殷芸《小说》据《晋书》节抄，又从《杂记》抄出了下列一则（据晁载之《续谈助》
引）：

> 宋岱为青州刺史，禁淫祀，著《无鬼论》，人莫能屈，邻州咸化之。
> 后有书生诣岱，岱理稍屈，生乃振衣而起曰："君绝我辈血食二十余年，
> 君有青牛髯奴，所以未得相因耳，今奴已叛，牛已死，此日得相制矣。"
> 言讫，失书生，明日而岱亡。

在牛僧孺的《玄怪录》中，也有着一则同样的故事（见《太平广记》卷第
三百三十"崔尚"条）：

> 开元时，有崔尚者著《无鬼论》，词甚有理。既成，将进之，忽有
> 道士诣门求见其论。读竟，谓尚曰："词理甚工，然天地之间，若云无

鬼，此谬矣！"尚谓："何以言之？"道士曰："我则鬼也，岂可谓无？君若进本，当为诸鬼神所杀，不如焚之。"因尔不见，竟失其本。

上列三则，都是关于著《无鬼论》而遇鬼的故事，大同小异，尤其是牛僧孺所记，差不多是因袭《晋书》的。

查《南村辍耕录》卷二十五《诸杂大小院本》著录金代院本，有《无鬼论》，罗烨《醉翁谈录》甲集卷一《小说开辟》著录宋代市人小说，在灵怪一类，也有《无鬼论》。院本和小说的本事，是否演《晋书》中阮瞻的故事，或是殷芸《小说》中宋岱的故事，或是《玄怪录》中崔尚的故事呢？在院本和小说连断简残篇也不存在的今日，我们是不能轻易下断语的。

可是有一点我们是可以断言的，就是前抄故事三则，情节都太简单了一点，没有曲折，没有穿插，没有好关目，在伶人敷演和小说人做场上，都是不大相宜的。因而猜想，那也许是别一个故事。

偶然在冷摊上买了一本宋李献民的《云斋广录》，是上海中央书店出版的一折八扣书。在该书的卷七中，不意看到了一篇《无鬼论》，记宋陇右进士黄肃事，情节复杂，亦异亦艳，最适介技艺人作场之用；且《云斋广录》所收小说，多为当时流行故事，技艺人取材，决不会舍近而求远。所以院本和小说，必是敷演这一段故事的。

该篇原文较长，兹节其梗概如下。好在《云斋广录》甚易购得，欲读全文者，请去找原书就是了。

《无鬼论》梗概：

　　进士黄肃，字敬之，陇右人，蹉跎场屋十余年，无妻子，久寓都下，厌其尘冗，谋居京西入角店，以聚学为业。清明日，乘闲著《无鬼论》，方欲下笔，忽有村仆入云："主人王大夫二子方幼，欲令从学。"邀生往晤。生随往，至一大庄，主人紫袍金带，风观甚伟。命二子出拜，约次日邀生就馆。生辞出，抵舍，恍然梦觉，心颇疑之。翌日，正色危坐以待，仆果来邀就馆，至则主人已设席待之，出二青衣备酒，皆殊色，酒数巡，大夫谓生曰："吾有一女，今始笄，未有佳婿，如不鄙门阀

218

卑微，使得亲箕帚，吾女可谓得夫矣。"生犹豫未有以应。大夫遽令二青衣扶女出，明艳绝世；生几不能自持。大夫复扣之，生意允焉。乃召媒至，以绛绡囊为定，约三日后行礼，并赠生以诗曰："忽忽席上莫相疑，百岁光阴能几时，携取香囊归去后，吾家风谊亦当知。"酒阑，生辞归，豁然乃省。又梦也。然香囊在怀，宿酒未消，大异之。再玩大夫诗，始知遇鬼。三日后，凌晨闻车马喧，则王大夫已遣人来取新郎。生摄衣上马，顷刻而至，见庭宇严洁，倡优骛列以俟。顷之，大夫命生就席；至暮，一青衣出请生行礼，导引而前，至其室，珠翠纵横，人间天上无以过也。侍儿侍母，环列于前，结缡合卺，一如世俗之礼。至晓，媪促生起谢姻属，内外相庆。大夫乃留生于其家。居月余，忽谓生曰："近承弥命，功忝汀南宪使，不敢稽留，义不得与子偕往，女子骄骏，须当挈行，子可复归，容吾到任，来岁清明日，遣人讶子，可乎？"生如命。抵暮，妻复具酒展别，复赠生以诗曰："人别忽忽□□□，须知后会不为赊，黄陇用事当青娆，骓骑翩翩踏落花。"拂旦，生乃与妻诀别还，至舍则又悟其梦。及来岁清明，生忽暴亡，盖生妻之诗，皆隐生死之年并其月日，无少差焉。

读《李娃传》

一

白行简所著《李娃传》现在的存本计有两种：一种是繁本，即《太平广记》卷四八四杂传记类所收的《李娃传》；一种是删节本，即曾慥《类说》卷二六上所收的《汧国夫人传》（罗烨《醉翁谈录》癸集卷一所收的《李亚仙不负郑元和》，虽少有异文，但其源即出《类说》）。而这两种本子的来源就只有一个，那就是唐末屯田员外郎陈翰所编的《异闻集》。

《异闻集》所收唐人小说，以单篇为多，然率皆润饰增删，和原本恐有不同，《太平广记》卷八三所收出自《异闻集》之《吕翁》，与《文苑英华》卷八八三所收沈既济之《枕中记》，《太平广记》所收出自《异闻集》之《太学郑生》（卷二九八）、《邢风》（卷二八二），与《沈下贤集》所收之《湘中怨词》、《异梦录》，文字有异，是其一证。删节本仅及原本十一，不足为据。但是《广记》所收《李娃传》，大概也因为经过了润饰增删，还加上缮写刊刻的错误，所以还是留下了好些令人置疑的地方。如已经张政烺先生指出为陈翰手笔的本传开端的三十一字：

> 汧国夫人李娃，长安之娼女也，节行瓖奇，有足称者，故监察御使白行简为传达。

以及我认为颇有问题的结尾的

220

> 贞元中，予为陇西公佐话妇人操烈之品格，因遂述沂国之事，公佐
> 拊掌竦听，命予为传，乃握管濡翰疏而存之，时乙亥岁秋八月，太原白
> 行简云。

等语，皆有使人怀疑到《李娃传》不是白行简作的可能。

关于前者，张政烺先生在他的《一枝花》[①]那篇短文中已说得很清楚；关于后者，这里有一点说明的必要。因为唯有弄清楚这个写作日期，我们才不会对本篇的作者有所怀疑。才可以对于古往今来伪托之说，得据以辨正。

主张《李娃传》不是白行简所著的说法，近年来颇为流行。如日本盐谷温博士，最近刘开荣先生，都曾这样主张。盐谷温博士说："这传奇与那赋（按指《天地阴阳交欢大乐赋》）固然都是假托的，但文笔非老手到底不能办[②]。"刘开荣先生说："不过就《李娃传》的形式及所反映的社会背景来看，很像是较晚的作品。假如说是另一作者，假托白行简之名而写《李娃传》，倒有可能。"[③]

盐谷温博士和刘开荣先生的论断是相当主观的，这样三言两语就剥夺了白行简的著作权，到底是不能令人心折的。言之似有理的，是远在宋朝刘克庄的意见。在他的《诗话》前集中，他说：

> ……郑畋名相，父亚亦名卿，或为《李娃传》诬亚为元和，畋为元
> 和之子。小说因谓畋与卢携并相不咸，携诟畋身出娼妓。按畋与携皆李
> 翱甥，畋母，携姨母也，安得如《李娃传》及小说所云？唐人挟私忿，
> 腾虚谤，良可发千载一笑。亚为李德裕客，白敏中素怨德裕及亚父子，
> 《李娃传》必白氏子弟为之，托名行简，又嫁言天宝间事，且传作于德
> 宗之贞元，述前事可也。亚登弟于宪宗之元和，畋相于僖宗之乾符，岂
> 得预载未然之事乎？其谬妄如此……[④]

---

① 见一九四八年六月廿五日上海《申报》，《文史周刊》第二十九期。
② 见孙俍工译《中国文学概论讲话》第三二八页。
③ 见《唐代小说研究》第六一至六二页。
④ 见《后村先生大全集》卷一七三，第八页，《四部丛刊》初编本。

郑畋和卢携不咸，不止互诉而已，甚至几乎动手打起来，如《北梦琐言》^①所记的那样，可是这和《李娃传》有什么关系？然而刘克庄却固执地认定，传中所说的荥阳公子，正就是诬指郑亚，因而就牵出白敏中和李党郑亚父子的嫌隙，说这篇小说必是白氏子弟造作而托名于行简。这是大前提的错误，这样就一路错到底。

附和刘克庄《诗话》的意见的，在清代有俞正燮^②，他虽然先对克庄之说表示怀疑，但终为曲为辩护，因而否定了《李娃传》是白行简的作品，当代亦有一位杰出的教授，认为，像《白猿传》之嘲欧阳询是猴子一样，《李娃传》的作者的用意是在嘲骂时宰是娼妇之子，因而断定说，郑亚和郑畋的时代既后于传中所伪称的贞元乙亥十一年（七九五），而郑畋显贵之日白行简早已在敬宗宝历二年（八二六）逝世了，那么《李娃传》便断然不可能是行简写的了。^③

《李娃传》意在诬郑亚郑畋之说是丝毫没有事实根据的猜测之辞，我们可以置之不辩。我们要来讨论的，倒是那个大可置疑而一向未有人注意及之的传中所说的"贞元乙亥秋八月"这个年代。贞元乙亥是贞元十一年。《李娃传》是否真是在这一年写的？白行简是否有可能在这个时候写《李娃传》？

我们的回答是否定的：因为那时以古文笔法写小说的风气尚未大开，白行简和其兄居易丁父忧^④，居丧于襄阳，决无认识那鼓励他写小说的李公佐的可能，说这二十岁的白行简会独开风气之先，背了居丧之礼而会友纵谈而写起小说来，恐怕是不可能的事。

这样说来，是否我们也同意于《李娃传》是伪托作品之说呢？并不。我认为"乙亥"二字，是一个缮写或刊刻的错误，或多半是《异闻集》编者的误改。那么原文是什么年份呢？什么理由会错成"乙亥"呢？

原文上应该是"乙酉"。乙酉是顺宗永贞元年（八○五）亦即贞元二十一年。那时行简之兄白居易已在京师做着校书郎那份闲散的卑官，行简也已经"驱车迤

① 见《北梦琐盲》卷六。
② 见《癸巳存稿》卷十四《李娃传》条。
③ 这位教授的许多意见，都为刘开荣未加说明地引用在《唐代小说研究》中。
④ 白季庚于贞元十年五月廿八日卒于襄阳官舍，见白居易《白氏文集》卷廿九《襄州别驾府君事状》。

逦来相继"①和白居易一起交友、游赏、饮酒、玩女人、写文章。②那个时候白行简写小说便是可能的了。

可是"乙酉"有什么理由会误作"乙亥"呢？这里是我们的解释：我们知道，德宗是在贞元乙酉正月癸巳（二十三日）驾崩的，太子于同月丙申（二十六日）即位，是为顺宗。可是顺宗在位之日并没有改元，而仍沿用贞元的年号。到了这年八月庚子（初四），顺宗下诏内禅宪宗，自称太上皇，于九日册皇帝于宣政殿，并将贞元二十一年改为永贞元年以志庆。（这次的改元，虽出于顺宗之意，然而永贞这年号，照理却是属于宪宗的，而一般史家均把它归在顺宗名下，这是欠妥的。）可是顺宗的太上皇亦没作了多久，次年正月甲申（十九日），他就驾崩了，而在他驾崩之前十七日，即正月丁卯（初二），宪宗就已经改元为元和了。所以永贞这个年号，实际上只用了不到五个月，在当时人看来，那一年还是贞元二十一年，可是在后代读史的人看来，那年却是永贞元年了。《异闻集》的编者很可能也是这些人中的一个，以为贞元中并无乙酉年，而贞元元年乙丑年又似乎太早了一点，便把传中的"乙酉"自作聪明地改为"乙亥"了。

这便是"乙酉"之所以误成"乙亥"的理由，而《李娃传》写作的年代，是应该放在贞元二十一年，即永贞元年的八月初，而且必然是在初一至初三这三天之中的。

这个写作年代的推定，如果没有更确切的证据来作依傍，那么要驳倒《李娃传》非白行简作之说，辨正它并不是写来诬郑亚郑畋父子理由，总还是显得薄弱的。

《李娃传》为白行简作的有力的证据，却并不在什么罕见的书上，那就是元稹的《元氏长庆集》③。在该集卷十《酬翰林白学士代书一百韵》中，我们看到这两句诗：

---

① 见白居易《长庆集》卷十二《醉后走笔酬刘五主簿长句之赠，兼简张太、贾二十四先辈昆季》。
② 关于他们那一段时期的生活，可以从白居易的《代书诗一百韵寄微之》（《长庆集》卷十三）和元稹的《酬翰林白学士代书一百韵》（《元氏长庆集》卷十）中见到。
③ 据《四部丛刊》初编第二次印本。又，关于下列这个证据，我在《李娃传非白行简作说辨正》（一九四四年四月廿八日，香港《华侨日报》《文艺周刊》），吴晓铃在《说"说话"》（一九四七年二月廿八日上海《中央日报》《俗文学周刊》），张政烺在《一枝花》（一九四八年六月廿六日上海《申报》《文史周刊》）都曾提出过。

翰墨题名尽，光阴听话移。

而在这两句诗下面，又有元稹自注云：

乐天每与予游，从无不书名屋壁；又尝于新昌宅说一枝花话，自寅
至巳，犹未毕词也。

元稹的这篇诗，是酬答白居易的那篇《代书诗一百韵寄微之》而作，两篇皆作于
元和五年（八一〇）。在这篇追缅旧游，特别是念念不忘于从贞元十九年（八〇三）
至元和元年（八〇六）元白二人均任校书郎那一段时期的生活的诗和诗注中，正
如以前我们曾提出过的，最可注意的是"话"、《一枝花》这几个字眼。"话"是
什么？吴晓铃和张政烺二先生都认为是"说话"，即现在的"说书"，可是我认为
还是仅仅解作"故事"也就够了，原因就为了"自寅至巳"（自上午三至五时至
上午九至十一时），这个时间。我以为与其说半夜里请了说书人来一直讲到早晨，
不如说自己朋友间宵谈遣夜更为合理一点。《一枝花》是什么呢？就是汧国夫人
李娃：宋曾慥《类说》卷二十六上①有陈翰《异闻集》，其中《汧国夫人传》未
有注云："旧名《一枝花》"；元罗烨《醉翁谈录》②癸集卷一《李亚仙不负郑元
和》条，开端即云"李娃，长安娼女也，字亚仙，旧名一枝花……"；明梅禹金《青
泥莲花记》③卷四载《李娃传》，题下有注云："娃旧名一枝花。元稹诗注"。陈翰、
罗烨、梅禹金等都一致认为一枝花为李娃旧名，当非皆从"光阴听话移"那句诗
的注凭空附会出来，而必有现在已经失传了的根据的，尤其是去白元时代不远的
唐末的陈翰。

这里我想附带说到的，就是诗注中的"新昌宅"的问题。因为这个问题常被
人忽略了或误解了。新昌宅当然不是元稹的住所，因为元稹当时住在靖安里。那
么是不是白居易的住所呢？徐松《唐两京城坊考》卷三《昭国坊》条按语云："按

① 中国科学院藏明抄残本，文津馆《四库全书》本第二十八卷。

② 日本文求堂影印本。

③ 通行本。

224

白居易始居常乐，次居宣平，又次居昭国，又次居新昌……"现在我们且从《唐两京城坊考》来看一看白居易住在这些坊里的时期：

一、常乐里　《养竹记》云：

> 贞元十九年春，居易以拔萃选及第，授校书郎，始于长安求假居，得长乐里故关相国私第之东亭而处之。

可见白居长乐里始于贞元十九年（八〇三），迄于何年则尚待考。

二、宣平里　《旧唐书》《白居易传》云：

> 居易奏曰："臣闻姜公辅为内职，求为京府判司，为奉亲也。臣有老母，家贫养薄，乞为公辅例。"……于是除京兆府户曹参军。

白居易《襄州别驾府君事状》云：

> 夫人颖州陈氏……元和六年四月三日，殁于长安宣平里第。

按居易于元和五年（八一〇）五月除京兆户曹参军，奉母居京，当为移居宣平里之始，至元和六年（八一一）母卒，乃离京丧居谓村。计在宣平里居约一年。

三、昭国里　居易居昭国里当始于元和九年（八一四）人朝拜太子左赞善大夫时（有《昭国闲居》诗），迄于元和十年（八一五）居易贬江州司马时，（白氏《与杨虞卿书》云："仆左降诏下，明日而东，足下从城西来，抵昭国坊，已不及矣。"）居约一年。

四、新昌里　居易为主客司郎中知制诰的次年即长庆元年（八二一）二月初，始买宅新昌，《竹窗》诗云，"今春二月初，卜居在新昌。"又有《新居早春》《新昌新居书事》等诗。

除了这四个住所以外，徐松还说："乐天始至长安，与周谅等同居永崇里之华阳观。"这里我们要补充说：那时候是贞元十九年的春天，白府易的《重到华阳观旧居》诗"忆昔初年三十二，当时秋思已难堪"等可证。可是在贞元二十一年夏，

225

他也在华阳观住过，可能是短时间的寄居。

从上面看来，白居易居新昌里始于长庆元年（八二一），而元稹在元和五年（八一〇）所写的回忆贞元十九年至元和元年（八〇三至八〇六）的生活诗中，竟会说到白居易十几年后的住所，岂不大大的荒唐吗？

错在什么地方呢？错在徐松不知道白居易在新昌里买宅之十余年前，即在居常乐里和宣平里之间，也曾经在新昌里住过，而且住了相当长久。白居易在元和三年所写的那篇《醉后走笔酬刘五主簿长句之赠，兼简张太贾二十四先辈昆季》诗中，我们看到有

> 晚松寒竹新昌第，职居密近门多闭，日暮银台下直回，故人到门门暂开。

等语，可证元和三年（八〇八）白居易居新昌里；白居易在元和五年所写的《和答诗十首》诗序，有

> 五年春，微之从东台来，不数日，又左转为江陵士曹掾，诏下日，会予下内直归，而微之已即路，邂逅相过于街衢中，自永寿寺南抵新昌里北，得马上话别。

等语，可证元和五年春（八一〇）白居易尚居新昌里；而元稹的《酬翰林白学士代书一百韵》又为我们证实了居易为校书郎时住在新昌里。那么我们假设白居易第一次居新昌里的时代为贞元二十年（八〇四）至元和五年春（八一〇），大约不会差得很远吧。

我之所以要提到新昌宅的问题，是为了说明元稹诗注所说的他们从而听说一枝花话的新昌里，确实就是白氏的住所，而白氏住新昌里的时期，也包括白行简写《李娃传》的贞元二十一年（八〇五）在内，听故事和写小说，可能就在同一个短时期之内。

既然听讲故事和写小说是在先于郑畋显贵之日数十年，那么《李娃传》刺郑亚郑畋父子之说，便不攻自破了。在另一方面，那处处追随着其兄的白行简，听

到这个瑰奇的故事，又经友人李公佐的怂恿，而将它写了出来，也是一件很自然的事。这是《李娃传》为白行简作之证一。

其次，在宋代许顗的《彦周诗话》[1]中，我们见到这样的一则：

> 诗人写人物态度，至不可移易，元微之《李娃行》云："髻鬟峨峨高一尺，门前立地看春风。"此定是娼妇。

而在任渊的《后山诗注》[2]卷二《徐氏闲轩》一诗的注里，我们又看到：

> 元微之《李娃行》："平常不是堆珠玉，难得门前暂徘徊。"

元稹的《李娃行》全诗已佚，所剩下的就只有这短短的四句诗，前二句已经《全唐诗》采辑，而后二句却从来也没有人注意到过。可是这短短的几句残诗，却替我们对于《李娃传》的时代和作者的可信，提出了一个有力的证据。

现在我们可以看到，元稹和李娃故事的关系，不只是在新昌宅听了人讲而已，而且还写了诗来歌唱这个奇特的娼女了。贞元末至元和间，在白居易兄弟、元稹、李绅、李公佐、陈鸿以及其他青年的文士们之间，我们显然看到有一种新的文体在那里流行出来。那就是当他们遇到瑰奇艳异或可歌可泣的事的时候，便协力合作，一人咏为歌行，一人叙作传记，一诗一文，相偶而行，这样地创造了一种以前所没有的新体，如杨贵妃故事有陈鸿的《长恨歌传》和白居易的《长恨歌》；莺莺故事有元稹的《莺莺传》和李绅的《莺莺歌》[3]；以后的无双故事有薛调的《无双传》和无名氏的《无双歌》[4]；汜人故事有韦敖的《湘中怨》[5]和沈亚之的《湘中怨辞》。所以李娃故事之有白行简作传，元稹作诗，也是一件很自然的事。元稹在白氏家中听到讲李娃故事是确实的了，那么我们有什么理由来说白

---

[1] 据《历代诗话》本。张政烺的《一枝花》中，也引到这两句诗。

[2] 《四部丛刊》初编本，第二十页。

[3] 全诗已佚，断片见董解元《西厢记》诸宫调。

[4] 逸句见陈元龙《片玉集注》。

[5] 已逸，见《湘中怨辞序》。

行简不会把这个故事写成小说呢？《李娃传》之确为白行简所作，这是第二个证据。

我们已把白行简在那一年，那一个地方，由于什么原故，跟什么人合作写了这篇《李娃传》说明白了，那么所谓《李娃传》是托行简之名以诬谤郑亚郑畋之说，便不攻自破；至于主张传中荥阳公子系指元和十一年状元郑瓘之说[1]，当然也不值一提了。

二

《李娃传》中有一段文字，常为读者所注意而且加以怀疑的，那就是记述荥阳公子床头金尽之后，中了李姥姥计，和李娃求孕嗣回来，途经宣阳里，止于娃之姨宅，忽有人报姥暴疾，李娃先行，生为娃所留，日晚始往平康里李氏宅，则李已他徙，生将驰赴宣阳里以诘其姨，然已日晚，计程不能达，乃赁榻而寝的那一段。

凡是略知当时长安坊里的细心读者都会觉得，宣阳平康二里毗邻，路途迩近，即便日晚，也可以连夜赶去，何至于计程不能达？

清代的大学者俞正燮对于这一段文字也抱着同样的怀疑。在他所著的《癸巳存稿》卷十四《李娃传》条中，我们可以看见他这样说：

> ……此传所言坊曲，颇合事理。《长安图志》，平康为朱雀街东第三街之第八坊，其第九坊即宣阳；以丹凤街言，则第五坊平康，第六坊宣阳。传云："平康里北门东转小曲，即寅阳。"是平康宣阳路皆直南北，其街则直东西。传又云："日暮计程不能达"，则作传者信笔漫书之，非灾情也。……又案《北里志》云："平康里入北门东迴三曲，即诸妓所居之聚也"，又"其南曲中者，门前通十字街"。盖宣阳，平康，南北俱有曲可通，不必外街……

---

[1] 见明薛寀《薛谐孟笔记》卷下。

从这些话里，我们可以看出：俞正燮认为作者是错误了的，然而他却曲为迴护，说"作传者信笔漫书之，非实情也"。

然而，实际上作者并没有错误，也并没有漫笔书之。像白行简那样熟悉于长安静坊小曲的人，还会把那有名的平康里的地理弄错吗？俞正燮之所以这样说，正就是因为他自己对于长安坊里的组织完全没有明白。他据《长安图志》来数平康宣阳二里的次第有没有数错，我们这里不必提，因为这还无关重要。可是就在俞正燮的这几句短短的话中，我们就看到了三个错误：第一，他说平康里北门东转小曲即宣阳里；第二，他说平康宣阳路皆直南北，其街则直东西；第三，他说宣阳平康二里向北俱有曲可通，不必外街。

关于第一点，俞正燮的误解是可以原谅的，因为他所见到的《李娃传》是《太平广记》本，文中有脱漏之处，[①]因而看去不很明白。所谓"至里北门"者，初看上去好像是指平康里，然而仔细看下去，就明白是指宣阳里。如果传中说"至宣阳里北门"，那么俞正燮就不会误解了。按平康里宣阳里均在长安东城，其西为朱雀街东第二街，其东为朱雀街东第三街，隔街对着东市；平康里在北，宣阳里在其南，故宣阳里的北门，正面对着平康里的南门。荥阳公子和李娃求孕嗣归，原拟自平康里南门入，所以当他们到了平康里的南门前的时候，也就是到了宣阳里北门。李娃所谓"此东转小曲"是指宣阳里北门内东转小曲，因《太平广记》本"里"字前漏了"宣阳"两字，致俞氏有此误。

关于第二点，俞氏之所谓路和街，不知其分别何在，不知是否以里内的街道称路，里外的官街称街。可是无论如何，俞氏总是错误。因为唐代长安各坊里，除了皇城之南的三十个里内只有东西横街以外，其余各里之内，均有自东至西及自北达南的十字街。[②]十字街是在坊内的，因其形如十字，故称，这是俞氏所没有理解的。

关于第三点，俞氏的话是十分武断的。查唐代长安各坊里，都是互相隔绝的，坊里的四周是里垣，垣外为官街，非三品以上和坊内三面皆绝者，不得向官街开门的，[③]坊里和官街的交通，非经里门不可，如果我们以现在对于那些热闹的

① 《类说》及《醉翁谈录》本，"信宿而返"句后均作"路出宣阳里"。

② 宋敏求《长安志》卷七。

③ 见《唐会要》卷八六《街巷》。

229

大街的观念来理解唐代长安的官街，那就大错了。所以俞氏的"宣阳平康，南北俱有曲可通，不必外街"之说，完全是毫无根据之谈，其原因是没有看懂《北里志》，以为其中所谓十字街就是官街。

现在，我们来看一看从李娃宅到李娃姨所税宅的路程吧：李娃宅是在平康里内横街西南的鸣珂曲，而李娃姨所税的空宅，是在宣阳里内直街东北方的小曲中。所以，要从平康里西南的鸣珂曲到宣阳里东北的小曲，我们必须走平康里中的横街（其全程长六百五十步①），向东，至十字交叉点，然后向南走直街（其全程长三百五十步②），出平康里南门，过朱雀门南之第二横街（宽四十七步③），入宣阳里北门，走直街，东转，始抵小曲。这就是最捷近的路，算起来大约有五六百步左右，路并不算近。

可是这样解释了之后，读者之疑仍不能明，因为从平康里到宣阳里，虽则要经过我们前面所说的路径，但是两坊究竟还是邻坊，何至于会像传中所说的那样"日已晚矣，计程不能达"？这里，我们除了要了解唐代长安街里组织之外，还要知道唐代京师的夜禁之律。

当时长安是京畿之地，帝皇之居，为了治安起见，有执行很严的夜禁的必要。这夜禁是由金吾掌执的。天晚昼漏既尽，顺天门（神龙元年以后改称承天门）击鼓，各坊里闭里门，官街上就断绝交通，不听人行，只许在坊里之内来往。直到五更三筹，顺天门再击鼓，坊门复开，官街上始听人行。夜禁中还在官街上走的，就是犯夜，按律就得处罚。

在《李娃传》中，当荥阳公子初至李娃家，推说住处路远，想赖在那里的时候，姥曰："鼓已发矣，当速归，无犯禁"；在沈既济的《任氏传》中，当郑六在妖狐任氏那里宿了一宵出来的时候，"及里门，门扃未发。门旁有胡人鬻饼之舍，方张灯炽炉。郑子憩其帘下，坐以候鼓"；薛用弱《集异集》的《裴通远》条（《太平广记》卷三四五引），记裴通远自通化门归来，有白头妪随之，"至天门街夜鼓将动，车马转速，妪亦忙遽而行"；而牛肃《记闻》的《张无是》条（《太平广记》卷一百引）也记"天宝十二载冬，有司戈张无是，居在布政坊，因行街中，夜鼓绝，门闭，遂趋桥下而跧"等事。这些记载，都可以作为唐朝严厉执行夜禁的

---

①②③ 见李好文《长安图志》卷上注。及宋敏求《长安志》卷七。

旁证。

夜禁的法令，在《唐律疏义》上说得更明白。该书卷二十六《杂律上》《犯夜》条律云：

> 诸犯夜者笞二十，有故者不坐。
>
> 注曰："闭门鼓后，开门鼓前，有行者皆为犯夜；故，谓公事急速及吉凶疾病之类。"疏义曰："官卫令，五更三筹，顺天门击鼓，听人行。昼漏尽，顺天门击鼓四百槌讫，闭门。后更击六百槌，坊门皆闭，禁人行，违者笞二十。故注云：'闭门鼓后，开门鼓前，有行者皆为犯夜；故，谓公事急速……'但公家之事须行，及私家吉凶疾病之类，皆须得本县或本坊文牒，然始合行。若不得公验，虽复无罪，街铺之人不合许过。既云'闭门鼓后，开门鼓前禁行'，明禁出坊外者，若坊内行者，不拘此律。"

律又云：

> 其直宿坊街，若应听行而不听，及不应听行而听者，笞三十；即所直时有贼盗经过而不觉者，笞五十。

《疏义》曰：

> 诸坊应闭之门，诸街守卫之所，有当直宿，应合听行而不听及不应听行而听者，笞三十。若分更当直之时，有贼盗经过所直之处，而宿直者不觉，笞五十；若觉而听行，自当主司故纵之罪。

这两条律文和注疏，把唐代夜禁令的施行方法解释得明明白白。《李娃传》中李娃姨氏之所以要等到日晚才对荥阳公子说"郎骤往觇之，某当继至"，就是利用了这犯夜的禁令，算定荥阳公子到了平康里之后，坊门即闭，不能即刻再回到宣阳里来质问李娃何以迁居，而她又可以从容收拾器物，退了税屋而去；而荥阳公

231

子之所以"计程不能达",至于弛其装服，质馔而食，赁榻而寝，及质明始策蹇而赴宣阳，也就是为了这个夜禁。总之，我们应该注意，娃姥施行她的奸计，其最大关键全在于利用这个犯夜律，使荥阳公子两面扑空，而金蝉脱壳之计始遂。

白行简在写这一段文章的时候，是确实有他的理由，而且也完全出于实情，决不是"漫笔书之"的，只是时移代转，当时人尽皆知的事，便不再为后人所理解了。后世的人不明白当时坊里的组织，不明白当时夜禁的法令，便至于不了解这一段文章的用心之处，反而怀疑到作者的错误了。

三

这里，我想对于作者白行简的生卒来作一番考察。但是，要想确定他的生卒，却并不是一件容易着手的事。

关于他的卒年，除了一个不可靠的异说①以外，白居易的《祭弟文》、《旧唐书》、《新唐书》、《唐诗纪事》等，都一致说他是卒于唐敬宗宝历二年丙午（八二六）冬。这是确实可靠的。

可是他活了多大岁数呢？他是在哪一年生的呢？关于这一点，在我的狭窄的阅读范围中，至今还没有见到明确的记载。白居易在《祭弟文》中没有提到，而他的常常说到自己的年岁的诗里，又极少说到他弟弟的年龄。

然而，在白居易的诗章中，却有一首诗可以作为我们探测白行简的年龄的线索，那就是《白香山诗集后集》卷七②中的《闻行简恩赐章服，喜成长句寄之》：

> 吾年五十加朝散，尔亦今年赐服章！齿发恰同知命岁，官衔俱是客曹郎；荣传锦帐花联萼，彩动绫袍雁趁行。大抵著绯宜老大，莫嫌秋鬓数茎霜。

而在"官衔俱是客曹郎"一句下面，还有他的自注，说：

---

① 《灵异记》（《太平广记》卷二八三引）说是唐文宗太和初。
② 据一隅堂刊本。《白氏文集》本在卷四五。

232

予与行简俱年五十始著绯，皆是主客郎中。

白居易对于官衔和服章都看得很重，"著绿"、"赐绯"，在他的诗中都被视为一件大事般地记下来。弟弟升官赐服章，自然也是可庆的大事，所以亦见于他的诗章。靠了这首诗，我们知道，白行简到了五十之年方才升任那"从五品上，著绯"的主客郎中。这也是确实可靠的。

可是，他是在哪一年升任的这个官职的，他在哪一年是五十岁呢？关于这一点，我们可以参考一下《旧唐书》卷一六六，《列传》卷一一六，《白居易传》附的《白行简传》：

十五年，居易入朝，为尚书郎。行简亦授左拾遗，累迁司门员外郎，主客郎中。

《新唐书》卷一一九，《列传》卷四四，《白居易传》附的《白行简传》也说：

与居易自忠州入朝，授左拾遗，累迁主客员外郎，代韦词判度支，按进郎中。

根据新旧两个《唐书》的《白居易传》，我们知道了：白居易是在唐宪宗元和十三年戊戌（八一八）"量移忠州刺史"的，元和十四年己亥（八一九）三月，白居易和元稹在入蜀的途中相会，"停舟夷陵三日，时季弟行简同行"；当年的冬天，白居易又被"召还京师，拜司门员外郎"。所以《旧唐书》所记的"十五年"应该是元和十五年庚子（八二〇），白行简是随着哥哥一同入都的，而且，也和哥哥同时升了官，作了左拾遗。这个，白居易还写了一首《行简初授拾遗，同早朝人阁，因示十二韵》的诗作纪念。至于白行简的迁司门员外郎是哪一年的事，现在我们还无法知道，可是关于他在任主客员外郎的时候，我们却在《唐会要》卷五十九的《度支员外郎》条看到如下的记载：

长庆三年十二月，度支奏：主客员外郎判度支案白行简，前以当司判案郎官刑部郎中韦词，近差使京西勾当和籴，遂请白行简判案。今韦词却回，其白行简合归本司，伏以判案郎官，比有六人，近或止四员，伏请更置郎官一员判案，留白行简充。勅旨：依奏。

从这一段记载，我们可以知道，一直到唐穆宗长庆三年癸卯（八二三）十二月止，白行简尚任"从六品上"的主客员外郎，那么，他的迁升主客郎中，必然是在长庆四年甲辰（八二四）唐敬宗宝历元年乙巳（八二五）和宝历二年丙午（八二六）这三年之中了。可是，白行简到底是在这三年之中的哪一年作了主客郎中呢？

　　我们应该重新提出白居易的那首《闻行简恩赐章服，喜成长句寄之》的诗来研究一下。

　　白居易在那首诗的题目上既然是说"闻"又说是"寄"，很明显的可以看出来白氏兄弟二人并没有住在一起。长庆四年甲辰（八二四）初，白居易在杭州，同年五月离开杭州，除太子左庶子分司东都于洛中；次年，宝历元年乙巳（八二五）授苏州刺史，五月至任；又在宝历二年丙午（八二六）秋冬之交去任之洛。在白居易转徙无定的这三年间，白行简却一直居京未动。同时《白香山诗集》所收的诗章是按着写作时日的先后次序排列的，而后集卷七所收的诗章则都是白居易在苏州的时候写的。《闻行简恩赐章服，喜成长句寄之》一诗的写成，正是白居易到任苏州刺史第一年的秋天，也就是宝历元年乙巳（八二五）的秋天；那么，五十岁的白行简擢迁主客郎中一定是在同年的夏秋之交。从这年向上推到唐代宗大历十一年丙辰（七七六），白行简生，比白居易小四岁。我们已经知道他死在唐敬宗宝历二年丙午（八二六），因之也可以计算出来他得年只有五十一岁。他的生卒应当是：七七六至八二六。这样，拿来和白居易的活了七十五岁比较，我们对于这位"文笔有兄风，辞赋尤称精密，文士皆师法之"的《李娃传》作者的萎谢得那么快、那么早，真是感到无限惋惜。

附录：译诗 〉〉〉〉〉

信天翁

时常地，为了戏耍，船上的人员
捕捉信天翁，那种海上的巨禽——
这些无挂碍的旅伴，追随海船，
跟着它在苦涩的漩涡上航行。

当他们把它们一放到船板上，
这些青天的王者，羞耻而笨拙，
就可怜地垂倒在他们的身旁
它们洁白的巨翼，像一双桨棹。

这插翅的旅客，多么呆拙委颓！
往时那么美丽，而今丑陋滑稽！
这个人用烟斗戏弄它的尖嘴，
那个人学这飞翔的残废者拐躄！

诗人恰似天云之间的王君，
它出入风波间又笑傲弓弩手；
一旦堕落在尘世，笑骂尽由人，
它巨人般的翼翅妨碍它行走。

译自波特莱尔《恶之华》

高　举

在池塘的上面，在溪谷的上面，
临驾于高山，树林，天云和海洋，
超越过灏气，超越过太阳，
超越过那缀星的天球的界限。

我的心灵啊，你在敏捷地飞翔，
恰如善泳的人沉迷在波浪中，
你欣然犁着深深的广袤无穷，
怀着雄赳赳的狂欢，难以言讲。

远远地从这疾病的瘴气飞脱，
到崇高的大气中去把你洗净，
像一种清醇神明的美酒，你饮
滂渤弥漫在空间的光明的火。

那烦郁和无边的忧伤的沉重
沉甸甸压住笼着雾霭的人世，
幸福的唯有能够高举起健翅，
从它们后面飞向明朗的天空！

幸福的唯有思想如云雀悠闲，

在早晨冲飞到长空，没有挂碍，
——翱翔在人世之上，轻易地了解
那花枝和无言的万物的语言！

译自波特莱尔《恶之华》

应　和

自然是一庙堂，那里活的柱石
不时地传出模糊隐约的语音……
人穿过象征的林从那里经行，
树林望着他，投以熟稔的凝视。

正如悠长的回声遥遥地合并，
归入一个幽黑而渊深的和协——
广大有如光明，浩漫有如黑夜——
香味，颜色和声音都互相呼应。

有的香味新鲜如儿童的肌肤，
柔和有如洞箫，翠绿有如草场，
——别的香味呢，腐烂，轩昂而丰富。

具有着无极限的品物底扩张，
如琥珀香、麝香、安息香、篆烟香，
那样歌唱性灵和官感的欢狂。

译自波特莱尔《恶之华》

人和海

无羁束的人，你将永远爱海洋！
海是你的镜子；你照鉴着灵魂
在它的波浪的无穷尽的奔腾，
而你心灵是深渊，苦涩也相仿。

你喜欢汩没到你影子的心胸；
你用眼和臂拥抱它，而你的心
有时以它自己的烦嚣来遣兴，
在难驯而粗犷的呻吟声中。

你们一般都是阴森和无牵羁：
人啊，无人测过你深渊的深量；
海啊，无人知道你内蕴的富藏，
你们都争相保持你们的秘密！

然而无尽数世纪以来到此际，
你们无情又无悔地相互争强，
你们那么地爱好杀戮和死亡，
哦永恒的斗士，哦深仇的兄弟！

译自波特莱尔《恶之华》

美

哦，世人！我美丽有如石头的梦
我的使每个人轮流斫丧的胸
生来使诗人感兴起一种无穷
而缄默的爱情，正和元素相同。

如难解的斯芬克斯，我御碧霄：
我将雪的心融于天鹅的皓皓；
我憎恶动势，因为它移动线条，
我永远也不哭，我永远也不笑。

诗人们，在我伟大的姿态之前
（我似乎仿之于最高傲的故迹）
将把岁月消磨于庄严的钻研；

因为要叫驯服的情郎们眩迷，
我有着使万象更美丽的纯镜：
我的眼睛，我光明不灭的眼睛！

译自波特莱尔《恶之华》

异国的芬芳

秋天暖和的晚间，当我闭了眼
呼吸着你炙热的胸膛的香味，
我就看见展开了幸福的海湄，
炫照着一片单调太阳的火焰；

一个闲懒的岛，那里"自然"产生
奇异的树和甘美可口的果子；
产生身体苗条壮健的小伙子，
和眼睛坦白叫人惊异的女人。

被你的香领向那些迷人地方，
我看见一个港，满是风帆桅樯，
都还显着大海的风波的劳色，

同时那绿色的罗望子的芬芳——
在空中浮动又在我鼻孔充塞，
在我心灵中和入水手的歌唱。

译自波特莱尔《恶之华》

赠你这几行诗

赠你这几行诗，为了我的姓名
如果侥幸传到那辽远的后代，
一晚叫世人的头脑做起梦来，
有如船儿给大北风顺势推行，

像缥缈的传说一样，你的追忆，
正如那铜弦琴，叫读书人烦厌，
由于一种友爱而神秘的锁链
依存于我高傲的韵，有如悬系；

受咒诅的人，从深渊直到天顶，
除我以外，什么也对你不回应！
——哦，你啊，像一个影子，踪迹飘忽，

你用轻盈的脚和澄澈的凝视
践踏批评你苦涩的尘世蠢物，
黑玉眼的雕像，铜额的大天使！

译自波特莱尔《恶之华》

244

黄昏的和谐

现在时候到了，在茎上震颤颤，
每朵花氤氲浮动，像一炉香篆；
音和香味在黄昏的空中回转；
忧郁的圆舞曲和懒散的昏眩。

每朵花氤氲浮动，像一炉香篆；
提琴颤动，恰似心儿受了伤残；
忧郁的圆舞曲和懒散的昏眩！
天悲哀而美丽，像一个大祭坛。

提琴颤动，恰似心儿受了伤残，
一颗柔心，它恨虚无的黑漫漫！
天悲哀而美丽，像一个大祭坛；
太阳在它自己的凝血中沉湮……

一颗柔心（它恨虚无的黑漫漫）
收拾起光辉昔日的全部余残！
太阳在它自己的凝血中沉湮……
我心头你的记忆"发光"般明灿！

译自波特莱尔《恶之华》

245

邀　旅

孩子啊，妹妹
想想多甜美
到那边去一起生活！
逍遥地相恋，
相恋又长眠
在和你相似的家国！
湿太阳高悬
在云翳的天
在我的心灵里横生
神秘的娇媚，
却如隔眼泪
耀着你精灵的眼睛。

那里，一切只是整齐和美，
豪侈，平静和那欢乐迷醉。

陈设尽辉煌，
给年岁研光，
装饰着我们的卧房，
珍奇的花卉
把它们香味

和入依微的琥珀香，
　　华丽的藻井，
　　深湛的明镜，
东方的那璀璨豪华，
　　一切向心灵
　　秘密地诉陈
它们温和的家乡话。

那里，一切只是整齐和美，
豪侈，平静和那欢乐迷醉。

　　看，在运河内
　　船舶在沉睡——
它们的情性爱流浪；
　　为了要使你
　　百事都如意，
它们才从海角来航。
　　西下夕阳明，
　　把朱玉黄金
笼罩住运河和田垄
　　和整个城镇；
　　世界睡沉沉
在一片暖热的光中。
那里，一切只是整齐和美，
豪侈，平静和那欢乐迷醉。

译自波特莱尔《恶之华》

秋　歌

一

不久我们将沉入寒冷的幽暗，
再会，我们太短的夏日的辉煌！
我已经听到，带着阴森的震撼，
薪木在庭院的石上声声应响。

整个冬日将回到我心头：愤怒，
憎恨，战栗，恐怖，和强迫的劳苦，
正如太阳做北极地狱的囚徒，
我的心将是红冷的一块顽物。

我战栗着听块块坠下的柴木；
筑刑架也没有更沉着的回响。
我心灵好似个堡垒，终于屈服，
受了沉重不倦的撞角的击撞。

为这单调的震撼所摇，我好像
什么地方有人匆忙把棺材钉……
给谁？——昨天是夏；今天秋已临降！
这神秘的声响好像催促登程。

二

我爱你长睛碧辉，温柔的美人，
可是我今朝觉得事事尽堪伤，
你的爱情和妆室，和炉火温存，
看来都不及海上辉煌的太阳。

然而爱我，温柔的心！做个慈母，
纵然是对刁儿，纵然是对逆子；
恋人或妹妹，请你做光耀的秋
或残阳的温柔，由它短暂如此。

短工作！坟墓在等；它贪心无厌！
啊！容我把我的头靠在你膝上，
怅惜着那酷热的白色的夏天，
去尝味那残秋的温柔的黄光。

译自波特莱尔《恶之华》

枭 鸟

上有黑水松做遮障，
枭鸟们并排地栖止，
好像是奇异的神衹，
红眼射光。它们默想。

它们站着一动不动
一直到忧郁的时光；
到时候，推开了斜阳，
黑暗将把江山一统。

它们的态度教智者
在世上应畏如蛇蝎；
那芸芸众生和活动；

对过影醉心的人类
永远地要受罚深重——
为了他曾想换地位。

译自波特莱尔《恶之华》

音　乐

音乐时常飘我去，如在大海中！
　　向我苍白的星
在浓雾荫下或在浩漫的太空，
　　我扬帆望前进；

胸膛向前挺，又鼓起我的两肺，
　　好像张满布帆，
我攀登重波积浪的高高的背——
　　黑夜里分辨难。

我感到苦难的船的一切热情
　　在我心头震颤；
顺风，暴风和临着巨涡的时辰，

　　它起来的痉挛
摇抚我。——有时，波平有如大明镜，
　　照我绝望孤影！

译自波特莱尔《恶之华》

251

快乐的死者

在一片沃土中，那里满是蜗牛，
我要亲自动手掘一个深坑洞，
容我悠闲地摊开我的老骨头，
而睡在遗忘里，如鲨鱼在水中。

我恨那些遗嘱，又恨那些坟墓；
与其求世人把一滴眼泪抛撒，
我宁愿在生时邀请那些饥鸟
来啄我的贱体，让周身都流血。

虫豸啊！无耳目的黑色同伴人，
看自在快乐的死者来陪你们；
会享乐的哲学家，腐烂的儿子。

请毫不懊悔地穿过我臭皮囊，
向我说，对于这没灵魂的陈尸，
死在死者间，还有甚酷刑难当！

译自波特莱尔《恶之华》

裂　钟

又苦又甜的是在冬天的夜里，
对着闪烁又冒烟的炉火融融，
听辽远的记忆慢腾腾地升起，
应着在雾中歌唱的和鸣的钟。

幸福的是那口大钟，嗓子洪亮，
它虽然年老，却矍铄而又遒劲，
虔信地把它宗教的呼声高放，
正如那在营帐下守夜的老兵。

我呢，灵魂开了裂，而当它烦闷
想把夜的寒气布满它的歌声，
它的嗓子就往往会低沉衰软，

像被遗忘的伤者的沉沉残喘——
他在血湖边，在大堆死尸下底，
一动也不动，在大努力中垂毙。

译自波特莱尔《恶之华》

253

烦闷一

我记忆无尽，好像活了一千岁，

抽屉装得满鼓鼓的一口大柜——
内有清单，诗稿，情书，诉状，曲词，
和卷在收据里的沉重的发丝——
藏着秘密比我可怜的脑还少。

那是一个金字塔，一个大地窖，
收容的死者多得义冢都难比。
我是一片月亮所憎厌的墓地，
那里，有如憾恨，爬着长长的虫，
老是向我最亲密的死者猛攻。

我是旧妆室，充满了凋谢蔷薇，
一大堆过时的时装狼藉纷披，
只有悲哀的粉画，苍白的蒲遂
呼吸着开塞的香水瓶的香味。

当阴郁的不闻问的果实烦厌，
在雪岁沉重的六出飞花下面，
拉得像永恒不朽一般的模样，

什么都比不上跛脚的日子长。

从今后，活的物质啊，你只是
围在可怕的波浪中的花岗石，
瞌睡在笼雾的沙哈拉的深处；
是老斯芬克斯，浮世不加关注，
被遗忘在地图上——阴郁的心怀
只向着落日的光辉清歌一快！

译自波特莱尔《恶之华》

烦闷二

当沉重的低天像一个盖子般
压在困于长闷的呻吟的心上
当他围抱着天涯的整个周圈
向我们泻下比夜更愁的黑光；

当大地已变成了潮湿的土牢——
在那里，那"愿望"像一只蝙蝠般，
用它畏怯的翅去把墙壁打敲；
又用头撞着那朽腐的天花板；

当雨水铺排着它无尽的丝条
把一个大牢狱的铁栅来模仿，
当一大群沉默的丑蜘蛛来到
我们的脑子底里布它们的网，

那些大钟突然暴怒地跳起来，
向高天放出一片可怕的长嚎，
正如一些无家的飘零的灵怪，
开始顽强固执地呻吟而叫号。

——而长列的棺材，无鼓也无音乐，

慢慢地在我灵魂中游行；"希望"
屈服了，哭着，残酷专制的"苦恼"
把它的黑旗插在我垂头之上。

译自波特莱尔《恶之华》

风　景

为要纯洁地写我的牧歌，我愿
躺在天旁边，像占星家们一般，
和那些钟楼为邻，梦沉沉谛听
它们为风飘去的庄严颂歌声。
两手托腮，在我最高的顶楼上，
我将看见那歌吟呓语的工场；
烟囱，钟楼，都会的这些桅樯，
和使人梦想永恒的无边昊苍。

温柔的是隔着那些雾霭望见
星星生自碧空，灯火生自窗间，
烟煤的江河高高地升到苍穹，
月亮倾泻出它的苍白的迷梦。
我将看见春天，夏天和秋天，
而当单调白雪的冬来到眼前，
我就要到处关上窗扉，关上门，
在黑暗中建筑我仙境的宫廷。

那时我将梦到微青色的天边，
花园，在纯白之中泣诉的喷泉，
亲吻，鸟儿（它们从早到晚地啼）

和田园诗所有最稚气的一切。
乱民徒然在我窗前兴波无休，
不会叫我从小桌抬起我的头；
因为我将要沉湮于逸乐狂欢，
可以随心任意地召唤回春天，
可以从我心头取出一片太阳，
又造成温雾，用我炙热的思想。

译自波特莱尔《恶之华》

盲人们

看他们，我的灵魂；他们真丑陋！
像木头人儿一样，微茫地滑稽；
像梦游病人一样地可怕，奇异，
不知向何处瞪着无光的眼球。

他们的眼（神明的火花已全消）
好似望着远处似的，抬向着天；
人们永远不看见他们向地面
梦想般把他们沉重的头抬倒。

他们这样地穿越无限的暗黑——
这永恒的寂静的兄弟。哦，都会！
当你在我们周遭笑，狂叫，唱歌，

竟至于残暴，尽在欢乐中沉醉，
你看我也征途仆仆，但更麻痹，
我说："这些盲人在天上找什么？"

译自波特莱尔《恶之华》

我没有忘记

我没有忘记，离城市不多远近，
我们的白色家屋，虽小却恬静，
它石膏的果神和老旧的爱神
在小树丛里藏着她们的赤身，
还有那太阳，在傍晚，晶莹华艳，
在折断它的光芒的玻璃窗前，
仿佛在好奇的天上睁目不闪，
凝望着我们悠长静默的进膳，
把它巨蜡般美丽的反照广布
在朴素的台布和哔叽的帘幕。

译自波特莱尔《恶之华》

穷人们的死亡

这是"死",给人安慰,哎!使人生活
这是生之目的,这是唯一希望——
像琼浆一样,使我们沉醉,振作;
使我们有勇气一直走到晚上;

透过飞雪,凝霜,和那暴风雨,
这是我们黑天涯的颤颤光明;
这是记在簿录上的著名逆旅,
那里可以坐坐,吃吃,又睡一顿:

这是一位天使,在磁力的指间,
握着出神的梦之赐予和睡眠,
又替赤裸的穷人把床来重铺;

这是神祇的光荣,是神秘的仓。
是穷人的钱囊和他的老家乡,
是通到那陌生的天庭的廊庑!

译自波特莱尔《恶之华》

人　定

乖一点，我的沉哀，你得更安静，
你吵着要黄昏，它来啦，你瞧瞧：
一片幽暗的大气笼罩住全城，
与此带来宁谧，与彼带来烦恼。

当那凡人们的卑贱庸俗之群，
受着无情刽子手"逸乐"的鞭打，
要到奴性的欢庆中采撷悔恨，
沉哀啊，伸手给我，朝这边来吧，

避开他们。你看那逝去的年光，
穿着过时衣衫，凭着天的画廊，
看那微笑的怅恨从水底浮露，

看睡在涵洞下的垂死的太阳，
我的爱，再听温柔的夜在走路，
就好像一条长殓布曳向东方。

译自波特莱尔《恶之华》

声　音

我的摇篮靠着书库——这阴森森
巴贝尔塔，有小说，科学，词话，
一切，拉丁的灰烬和希腊的尘，
都混和着。我像对开本似高大。
两个声音对我说话。狡狯，肯定，
一个说："世界是一个糕，蜜蜜甜，
我可以（那时你的快乐就无尽）
使得你的胃口那么大，那么健。"
另一个说："来吧！到梦里来旅行，
超越过可能，超越过已知！"
于是它歌唱，像沙滩上的风声，
啼唤的幽灵，也不知从何而至，
声声都悦耳，却也使耳朵惊却。
我回答了你："是的！柔和的声音！"
从此后就来了，哎！那可以称做
我的伤和宿命。在浩漫的生存
布景后面，在深渊最黑暗所在，
我清楚地看见那些奇异世界，
于是，受了我出神的明眼的害，

264

我曳着一些蛇——它们咬我的鞋。

于是从那时候起，好像先知，

我那么多情地爱着沙漠和海。

译自波特莱尔《恶之华》

发

西茉纳，有个大神秘
在你头发的林里。

你吐着干刍的香味，你吐着野兽
睡过的石头的香味；
你吐着熟皮的香味，你吐着刚簸过的
小麦的香味；
你吐着木材的香味，你吐着早晨送来的
面包的香味；
你吐着沿荒垣
开着的花的香味；
你吐着黑莓的香味，你吐着被雨洗过的
长春藤的香味；
你吐着黄昏间割下的
灯心草和薇蕨的香味；
你吐着冬青的香味，你吐着苔藓的香味，
你吐着在篱阴结了种子的
衰黄的野草的香味；
你吐着荨麻如金雀花的香味，
你吐着苜蓿的香味，你吐着牛乳的香味；
你吐着茴香的香味；

你吐着胡桃的香味，你吐着熟透而采下的
果子的香味；
你吐着花繁叶满时的
柳树和菩提树的香味；
你吐着蜜的香味，你吐着徘徊在牧场中的
生命的香味；
你吐着泥土与河的香味；
你吐着爱的香味，你吐着火的香味。

西茉纳，有个大神秘
在你头发的林里。

译自［法］果尔蒙《西茉纳集》

山　楂

西茉纳，你的温柔的手有了伤痕，
你哭着，我却要笑这奇遇。

山楂防御它的心和它的肩，
它已将它的皮肤许给了最美好的亲吻。

它已披着它的梦和祈祷的大幕，
因为它和整个大地默契；

它和早晨的太阳默契，
那时惊醒的群蜂正梦着苜蓿和百里香，

和青色的鸟，蜜蜂和飞蝇，
和周身披着天鹅绒的大土蜂，

和甲虫、细腰蜂，金栗色的黄蜂，
和蜻蜓，和蝴蝶，

以及一切有趣的，和在空中
像三色堇一样地舞着又徘徊着的花粉，

它和正午的太阳默契，

和云，和风，和雨，

以及一切过去的，和红如蔷薇，

洁如明镜的薄暮的太阳，

和含笑的月儿以及和露珠，

和天鹅，和织女，和银河；

它有如此皎白的前额而它的灵魂是如此纯洁，

使它在全个自然中钟爱它自身。

译自［法］果尔蒙《西茉纳集》

冬 青

西茉纳，太阳含笑在冬青树叶上；
四月已回来和我们游戏了。

他将些花篮背在肩上，
他将花枝送给荆棘、栗树、杨柳；

他将长生草留给水，又将石楠花
留给树木，在枝干伸长着的地方；

他将紫罗兰投在幽荫中，在黑莓下，
在那里，他的裸足大胆地将它们藏好又踏下；

他将雏菊和有一个小铃项圈的
樱草花送给了一切的草场；

他让铃兰和白头翁一齐坠在
树林中，沿着幽凉的小径；

他将鸢尾草种在屋顶上
和我们的花园中，西茉纳，那里有好太阳，

他散布鸽子花和三色堇，

风信子和那丁香的好香味。

译自［法］果尔蒙《西茉纳集》

雾

西茉纳，穿上你的大氅和你黑色的大木靴，
我们将像乘船似的穿过雾中去。

我们将到美的岛上去，那里的女人们
像树木一样地美，像灵魂一样地赤裸；
我们将到那些岛上去，那里的男子们
像狮子一样的柔和，披着长而褐色的头发。
来啊，那没有创造的世界从我们的梦中等着
它的法律，它的欢乐，那些使树开花的神
和使树叶炫烨而幽响的风。
来啊，无邪的世界将从棺中出来了。

西茉纳，穿上你的大氅和你黑色的大木靴，
我们将像乘船似的穿过雾中去。

我们将到那些岛上去，那里有高山，
从山头可以看见原野的平寂的幅员，
和在原野上啮草的幸福的牲口，
像杨柳树一样的牧人，和用禾叉
堆在大车上面的稻束：
阳光还照着，绵羊歇在

牲口房边，在园子的门前，
这园子吐着地榆、莴苣和百里香的香味。

西茉纳，穿上你的大氅和你黑色的大木靴，
我们将像乘船似的穿过雾中去。

我们将到那些岛上去，那里灰色和青色的松树
在西风飘过它们的发间的时候歌唱着。
我们卧在它们的香荫下，将听见
那受着愿望的痛苦而等着
肉体复活之时的幽灵的烦怨声。
来啊，无限在昏迷而欢笑，世界正沉醉着：
梦沉沉地在松下，我们许会听得
爱情的话，神明的话，辽远的话。

西茉纳，穿上你的大氅和你黑色的大木靴，
我们将像乘船似的穿过雾中去。

译自 ［法］果尔蒙《西茉纳集》

雪

西茉纳，雪和你的颈一样白，
西茉纳，雪和你的膝一样白。

西茉纳，你的手和雪一样冷，
西茉纳，你的心和雪一样冷。

雪只受火的一吻而消溶，
你的心只受永别的一吻而消溶。

雪含愁在松树的枝上，
你的前额含愁在你栗色的发下。

西茉纳，你的妹妹雪睡在庭中。
西茉纳，你是我的雪和我的爱。

译自［法］果尔蒙《西茉纳集》

死 叶

西茉纳，到林中去吧：树叶已飘落了；
它们铺着苍苔、石头和小径。

西茉纳，你爱死叶上的步履声吗？

它们有如此柔美的颜色，如此沉着的调子，
它们在地上是如此脆弱的残片！

西茉纳，你爱死叶上的步履声吗？

它们在黄昏时有如此哀伤的神色，
当风来飘转它们时，它们如此婉转地哀鸣！

西茉纳，你爱死叶上的步履声吗？

当脚步蹂躏着它们时，它们像灵魂一样地啼哭，
它们做出振翼声和妇人衣裳的淬缫声。

西茉纳，你爱死叶上的步履声吗？

来啊：我们一朝将成为可怜的死叶，

来啊：夜已降下，而风已将我们带去了。

西茉纳，你爱死叶上的步履声吗？

译自［法］果尔蒙《西茉纳集》

河

西茉纳，河唱着一支淳朴的曲子，
来啊，我们将走到灯心草和蓬骨间去；
是正午了：人们抛下了他们的犁，
而我，我将在明耀的水中看见你的跣足。

河是鱼和花的母亲；
是树、鸟、香、色的母亲；

她给吃了谷又将飞到
一个辽远的地方去的鸟儿喝水，

她给那绿腹的青蝇喝水，
她给像船奴似的划着的水蜘蛛喝水。

河是鱼的母亲：她给它们
小虫、草、空气和臭氧气；

她给它们爱情：她给它们翼翅，
使它们追踪它们的女性的影子到天边。

河是花的母亲，虹的母亲，
一切用水和一些太阳做成的东西的母亲：

她哺养红豆草和青草，和有蜜香的
绣线菊，和毛蕊草。

它是有像鸟的茸毛的叶子的；
她哺养小麦，苜蓿和芦苇；

她哺养苎麻；她哺养亚麻；
她哺养燕麦、大麦和荞麦；

她哺养裸麦、河柳和林檎树①；
她哺养垂柳和高大的白杨。

河是树木的母亲：美丽的橡树
曾用它们的脉管在她的河床中吸取清水。

河使天空肥沃：当下雨时，
那是河，她升到天上，又重降下来；

河是一个很有力又很纯洁的母亲。
河是全个自然的母亲。

西茉纳，河唱着一支淳朴的曲子，

---

① 林檎即花红，又名沙果。蔷薇科，落叶小乔木。果实秋季成熟，扁圆形，黄或红色。果味似苹果，供生食。

来啊，我们将走到灯心草和蓬骨间去；

是正午了：人们抛下了他们的犁，

而我，我将在明耀的水中看见你的跣足。

译自［法］果尔蒙《西茉纳集》

果树园

西茉纳，带一只柳条的篮子，
到果树园子去吧。
我们将对我们的林檎树说，
在走进果树园的时候：
林檎的时节到了，
到果树园去吧。西茉纳，
到果树园去吧。

林檎树上飞满了黄蜂，
因为林檎都已熟透了
有一阵大的嗡嗡声
在那老林檎树的周围。
林檎树上已结满了林檎，
到果树园去吧，西茉纳。
到果树园去吧。

我们将采红林檎，
黄林檎和青林檎，
更采那肉已烂熟的
酿林檎酒的林檎。
林檎的时节到了，

到果树园去吧，西茉纳，
到果树园去吧。

你将有林檎的香味
在你的衫子上和你的手上，
而你的头发将充满了
秋天的温柔的芬芳。
林檎树上都已结满了林檎，
到果树园去吧，西茉纳，
到果树园去吧。

西茉纳，你将是我的果树园
和我的林檎树；
西茉纳，赶开了黄蜂
从你的心和我的果树园。
林檎的时节到了，
到果树园去吧，西茉纳，
到果树园去吧。

译自［法］果尔蒙《西茉纳集》

园　子

西茉纳，八月的园子
是芬芳、丰满而温柔的：
它有芜菁和莱菔，
茄子和甜萝卜，
而在那些惨白的生菜间，
还有那病人吃的莴苣，
再远些，那是一片白菜，
我们的园子是丰满而温柔的。

豌豆沿着攀竿爬上去；
那些攀竿正像那些
穿着饰红花的绿衫子的少妇一样。
这里是蚕豆，
这里是从耶路撒冷来的葫芦。
胡葱一时都抽出来了，
又用一顶王冕装饰着自己，
我们的园子是丰满而温柔的。

周身披着花边的天门冬
结熟了它们的珊瑚的种子；
那些链花，虔诚的贞女，

已用它们的棚架做了一个花玻璃大窗，
而那些无思无虑的南瓜
在好太阳中鼓起了它们的颊；
人们闻到百里香和茴香的气味，
我们的园子是丰满和温柔的。

译自［法］果尔蒙《西茉纳集》

磨　坊

西茉纳，磨坊已很古了，它的轮子
满披着青苔，在一个大洞的深处转着：
　　人们怕着，轮子过去，轮子转着
　　好像在做一个永恒的苦役。

土墙战栗着，人们好像是在汽船上，
在沉沉的夜和茫茫的海之间：
　　人们怕着，轮子过去，轮子转着
　　好像在做一个永恒的苦役。

天黑了；人们听见沉重的磨石在哭泣，
它们是比祖母更柔和更衰老：
　　人们怕着，轮子过去，轮子转着
　　好像在做一个永恒的苦役。

磨石是如此柔和、如此衰老的祖母，
一个孩子就可以拦住，一些水就可以推动：
　　人们怕着，轮子过去，轮子转着
　　好像在做一个永恒的苦役。

他们磨碎了富人和穷人的小麦，

它们亦磨碎裸麦，小麦和山麦；
　　　　人们怕着，轮子过去，轮子转着
　　　　好像在做一个永恒的苦役。

它们是和最大的使徒们一样善良，
它们做那赐福与我们又救我们的面色：
　　　　人们怕着，轮子过去，轮子转着
　　　　好像在做一个永恒的苦役。

它们养活人们和柔顺的牲口，
那些爱我们的手又为我们而死的牲口，
　　　　人们怕着，轮子过去，轮子转着
　　　　好像在做一个永恒的苦役。

它们走去，它们啼哭，它们旋转，它们呼鸣
自从一直从前起，自从世界的创始起：
　　　　人们怕着，轮子过去，轮子转着
　　　　好像在做一个永恒的苦役。

西茉纳，磨坊已很古了：它的轮子，
满披着青苔，在一个大洞的深处转着。

译自［法］果尔蒙《西茉纳集》

公　告

他的死亡之前的一夜
是他一生中的最短的
他还生存着的这观念
使他的血在腕上炙热
他的躯体的重量使他作呕
他的力量使他呻吟
就在这嫌恶的深处
他开始微笑了
他没有"一个"同志
但却有几百万几百万
来替他复仇他知道
于是阳光为他升了起来

译自［法］爱吕雅《爱吕雅诗选》

286

受了饥馑的训练

受了饥馑的训练
孩子老是回答我吃
你来吗我吃
你睡吗我吃

译自 ［法］爱吕雅《爱吕雅诗选》

戒　严

有什么办法门是看守住了
有什么办法我们是给关住了
有什么办法路是拦住了
有什么办法城市是屈服了
有什么办法它是饥饿了
有什么办法我们是解除武装了
有什么办法夜是降下了
有什么办法我们是相爱着

译自 ［法］爱吕雅《爱吕雅诗选》

一只狼

白昼使我惊异而黑夜使我恐怖
夏天纠缠着我而冬天追踪着我

一头野兽把他的脚爪放在
雪上沙上或泥泞中
把它的来处比我的步子更远的脚爪
放在一个踪迹上在那里
死亡有生活的印痕。

译自［法］爱吕雅《爱吕雅诗选》

勇 气

巴黎寒冷巴黎饥饿

巴黎已不再在街上吃栗子

巴黎穿上了我旧的衣服

巴黎在没有空气的地下铁道站里站着睡

还有更多的不幸加到穷人身上去

而不幸的巴黎的

智慧和疯癫

是纯净的空气是火

是美是它的饥饿的

劳动者们的仁善

不要呼救啊巴黎

你是过着一种无比的生活

而在你的惨白你的瘦削的赤裸后面

一切人性的东西在你眼底显露出来

巴黎我的美丽的城

像一枚针一样细像一把剑一样强

天真而博学

你忍受不住那不正义

对于你这是唯一的无秩序

你将解放你自己巴黎

像一颗星一样战栗的巴黎

我们的残存着的希望

你将从疲倦和污泥中解放你自己

弟兄们我们要有勇气

我们这些没有戴钢盔

没有穿皮靴又没有戴手套也没有受好教养的人

一道光线在我们的血脉中亮起来

我们的光回到我们这里来了

我们之中最好的人已为我们而死了

而现在他们的血又找到了我们的心

而现在从新是早晨一个巴黎的早晨

解放的黎明

新生的春天的空间

傻笨的力量战败了

这些奴隶我们的敌人

如果他们明白了

如果他们有了解的能力

便会站起来的

译自［法］爱吕雅《爱吕雅诗选》

自 由

在我的小学生的练习簿上
在我们书桌上和树上
在沙上在雪上
我写了你的名字

在一切读过的书页上
在一切空白的书页上
石头、血、纸或灰上
我写了你的名字

在金色的图像上
在战士的手臂上
在帝王的冠上
我写了你的名字

在林莽上和沙漠上
在鸟巢上和金雀枝上
在我童年的回声上
我写了你的名字

在夜间的奇迹上

在白昼的白面包上
在结亲的季节上
我写了你的名字

在我一切春天的破布上
在发霉的太阳池塘上
在活的月亮湖沿上
我写了你的名字

在田野上在天涯上
在鸟儿的翼翅上
和在阴影的风磨上
我写了你的名字

在每一阵晨曦上
在海上在船上
在发狂的大山上
我写了你的名字

在云的苔藓上
在暴风雨的汗上
在又厚又无味的雨上
我写了你的名字

在晶耀的形象上
在颜色的钟上
在物质的真理上
我写了你的名字

在觉醒的小径上
在展开的大路上
在满溢的广场上
我写了你的名字

在燃着的灯上
在熄灭的灯上
在我的集合的房屋上
我写了你的名字

在我的镜子和我的卧房的
一剖为二的果子上
在我的空贝壳床上
我写了你的名字

在我的贪食而温柔的狗上
在它的竖起的耳朵上
在它的笨拙的脚上
我写了你的名字

在我的门的跳板上
在熟稔的东西上
在祝福的火的波上
我写了你的名字

在应允的肉体上
在我的朋友们的前额上
在每只伸出来的手上
我写了你的名字

在出其不意的窗上
在留意的嘴唇上
高高在寂静的上面
我写了你的名字

在我的毁坏了的藏身处上
在我的崩坍的灯塔上
在我的烦闷的墙上
我写了你的名字

在没有愿望的别离上
在赤裸的孤寂上
在死亡的阶坡上
我写了你的名字

在恢复了的健康上
在消失了的冒险上
在没有记忆的希望上
我写了你的名字

于是由于一个字的力量
我从新开始我的生活
我是为了认识你
为了唤你的名字而成的
　　自由

译自［法］爱吕雅《爱吕雅诗选》

蠢而恶

从里面来

从外面来

这是我们的敌人

他们从上面来

他们从下面来

从近处来从远处来

从右面来从左面来

穿着绿色的衣服

穿着灰色的衣服

太短的上衣

太长的大氅

颠倒的十字架

因他们的枪而高

因他们的刀而短

因他们的间谍而骄傲

因他们的刽子手而有力

而且满涨着悲伤

全身武装

武装到地下

因行敬礼而僵直

又因害怕而僵直

在他们的牧人前面

渗湿着啤酒

渗湿着月亮

庄重地唱着

皮靴的歌

他们已忘记

为人所爱的快乐

当他们说是的时候

一切回答他们不

当他们说黄金的时候

一切都是铅做的

可是在他们的阴影下

一切都将是黄金的

一切都会年青起来

让他们走吧让他们死吧

我们只要他们的死亡就够了

我们爱着的人们

他们会脱逃了

我们会关心他们

在一个新的世界的

　　一个在本位的世界的

　　光荣的早晨

　　　　　　　　译自［法］爱吕雅《爱吕雅诗选》

战时情诗七章

我在这个地方写作，在那里，人们是被围在垃圾、干渴、沉默和饥饿之中……

———阿拉贡:《蜡像馆》

一

在你眼睛里一只船
控制住了风
你的眼睛是那
一霎时重找到的土地

耐心地你的眼睛等待着我们

在森林的树木下面
在雨中在暴风中
在巅峰的雪上
在孩子们的眼睛和游戏间

耐心地你的眼睛等待着我们

他们是一个谷

比单独一茎草更温柔
他们的太阳把重量给与
人类的贫瘠的收获

等着我们为了看见我们
永久地
因为我们带来爱
爱的青春
和爱的理由
爱的智慧
和不朽。

二

我们比最大的会战人还多的
眼睛的日子

我们战胜时间的眼睛的
诸城市和诸乡郊

在清凉的谷中燃烧着
液体而坚强的太阳

而在草上张扬着
春天的桃色的肉体

夜晚闭上了它的翼翅
在绝望的巴黎上面
我们的灯支持着夜

像一个俘虏支持着自由

三

温柔而赤裸地流着的泉源
到处开花的夜
那我们在一个微弱疯狂的
战斗之中联合在一起的夜

还有那辱骂我们的夜
其中床深陷着的夜
空洞而没有孤独
一种临死痛苦的未来。

四

这是一枝植物
它敲着地的门
这是一个孩子
它敲着它母亲的门

这是雨和太阳
它们和孩子一起生
和植物一起长大
和孩子一起开花

我听到推理和笑。
人们计算过
可能给一个孩子受的痛苦

那么多不至于呕吐的耻辱
那么多不至于死亡的眼泪

在暗黑而张开恐怖的大口的
穹窿下的一片脚步声
人们刚拔起了那枝植物
人们刚糟蹋了那孩子
用了贫困和烦闷。

五

心的角隅他们客气地说
爱和仇和光荣的角隅
我们回答而我们的眼睛反映着
那作为我们的避难处的真理

我们从来没有开始过
我们一向互相爱着
而因为我们互相爱着
我们愿意把其余的人
从他们冰冷的孤独中解放出来

我们愿意而我说我愿意
我说你愿意而我们愿意
使光无限永照
从辉映着德行的一对对
从装着大胆的甲的一对对
因为他们的眼睛是相对着

而且因为他们在其余的人的生活中有着他们的目的

六

我们不向你们吹喇叭
为要更清楚给你们看不幸
正如它那样地很大很蠢
而且因为是整个地而更蠢

我们只单独要求死
单独要求泥土拦住我们
但是现在却是羞耻
来把我们活活地围砌住

无限的恶的羞耻
荒谬的刽子手的羞耻
老是那几个老是
那爱着自己的那几个

受刑者的群列的羞耻
焦土话语的羞耻
可是我们并不为我们的受苦而羞耻
可是我们并不为觉得羞耻而羞耻
在逃走的战士们后面
就是一只鸟也不再活
空气中空无呜咽
空无我们的天真

鸣响着憎怅和复仇

七

凭着完善深沉的前额的名义
凭着我所凝看着的眼睛
和今天以及永远
我所吻着的嘴的名义

凭着埋葬了的希望的名义
凭着暗黑中的眼泪的名义
凭着使人大笑的怨语的名义
凭着使人害怕的笑的名义

凭着联住我们的手的温柔的
路上的笑声的名义
凭着在一片美丽的好土地上
遮盖着花的果子的名义

凭着在牢狱中的男子们的名义
凭着受流刑的妇女们的名义
凭着为了没有接受暗影
而殉难和被虐杀了的
我们的一切弟兄们的名义

我们应该渗干愤怒
并且使铁站起来
为的是要保存

那到处受追捕

但却将到处胜利的

天真的人们的崇高的影像

译自［法］爱吕雅《爱吕雅诗选》

水呀你到哪儿去

水呀你到哪儿去？
我顺着河流，
一路笑到海边去。

海呀你到哪里去？

我向上面的河流
找个地方歇脚去。

赤杨呀，你呢，你做什么？

我对你什么话也没有，
我呀……我颤抖！

我要什么，我不要什么，
问河去还是问海去？

(四只没有方向的鸟儿，
在高高的赤杨树上。)

译自 ［西班牙］洛尔迦《洛尔迦诗抄》

两个水手在岸上

——寄华金·阿米戈

一

他在心头养蓄
一条中国海里的鱼。

有时你看见它浮起
小小的，在他眼里。

他虽然是个水手，
却忘记了橙子和酒楼。

他对着水直瞅。

二

他有个肥皂的舌头，
洗掉他的话又闭了口。

大陆平坦，大海起伏，
千百颗星星和他的船舶。

他见过教皇的回廊，
古巴姑娘的金黄的乳房。

他对着水凝望。

译自［西班牙］洛尔迦《洛尔迦诗抄》

三河小谣

瓜达基维河
在橙子和橄榄林里流。
格拉那达的两条河，
从雪里流到小麦的田畴。

哎，爱情呀，
一去不回头！

瓜达基维河，
一把胡须红又红。
格拉那达的两条河，
一条在流血，一条在哀恸。

哎，爱情呀，
一去永随风！

塞维拉有条小路
给帆船通航。
格拉那达的水上，
只有叹息在打桨。

哎，爱情呀，

一去不回乡！

瓜达基维河的橙子林里，

高阁凌空，香风徐动。

陶洛和赫尼尔①的野塘边，

荒废的小楼儿孤耸。

哎，爱情呀，

一去永无踪！

谁说水会送来

一个哭泣的磷火！

哎，爱情呀，

一去不回顾！

带些橄榄，带些橙花，

安达路西亚，给你的海洋。

哎，爱情呀，

一去永难忘！

译自［西班牙］洛尔迦《洛尔迦诗抄》

---

① 陶洛河和赫尼尔河即格拉那达的两条河。

村 庄

精光的山头
一片骷髅场。
绿水清又清
百年的橄榄树成行。
路上行人
都裹着大氅，
高楼顶上，
风旗旋转回往。
永远地
旋转回往。
啊，悲哀的安达路西亚
没落的村庄！

译自［西班牙］洛尔迦《洛尔迦诗抄》

吉他琴

吉他琴的呜咽
开始了。
黎明的酒杯
破了。
吉他琴的呜咽
开始了。
要止住它
没有用，
要止住它
不可能。
它单调地哭泣，
像水在哭泣，
像风在雪上
哭泣。
要止住它
不可能。
它哭泣，是为了
远方的东西。
要求看白茶花的
和暖的南方的沙。
哭泣，没有鹄的箭，

没有晨晓的夜晚，
于是第一只鸟
死在枝上。
啊，吉他琴！
心里刺进了
五柄利剑。

译自［西班牙］洛尔迦《洛尔迦诗抄》

梦游人谣

绿啊，我多么爱你这绿色。
绿的风，绿的树枝。
船在海上，
马在山中。
影子裹住她的腰，
她在露台上做梦。
绿的肌肉，绿的头发，
还有银子般沁凉的眼睛。
绿啊，我多么爱你这绿色。
在吉卜赛人的月亮下，
一切东西都看着她，
而她却看不见它们。

绿啊，我多么爱你这绿色，
繁星似的霜花
和那打开黎明之路的
黑暗的鱼一同来到。
无花果用砂皮似的树叶
磨擦着风，
山像野猫似的耸起了
它的激怒了的龙舌兰。

313

可是谁来了？从哪儿来的？

她徘徊在露台上，

绿的肌肉，绿的头发，

在梦见苦辛的大海。

——朋友，我想要

把我的马换你的屋子

把我的鞍辔换你的镜子，

把我的短刀换你的毛毯。

朋友，我是从喀勒拉港口

流血回来的。

——要是我办得到，年轻人，

这交易一准成功。

可是我已经不再是我，

我的屋子也不再是我的。

——朋友，我要善终在

我自己的铁床上，

如果可能，

还得有荷兰布的被单。

你没有看见我

从胸口直到喉咙的伤口？

——你的白衬衫上

染了三百朵黑玫瑰，

你的血还在腥气地

沿着你的腰带渗出。

但我已经不再是我，

我的屋子也不再是我的。

——至少让我爬上

这高高的露台；

允许我上来！允许我

爬上这绿色的露台。
月光照耀的露台，
那儿可以听到海水的回声。

于是这两个伙伴
走上那高高的露台。
留下了一缕血迹。
留下了一条泪痕。
许多铅皮的小灯笼
在人家屋顶上闪烁。
千百个水晶的手鼓，
在伤害黎明。
绿啊，我多么爱你这绿色，
绿的风，绿的树枝。
两个伙伴一同上去。
长风留给他们嘴里
一种苦胆，薄荷和玉香草的
稀有的味道。
朋友，告诉我，她在哪里？
你那个苦辛的姑娘在哪里？
她等候过你多少次？
她还会等候你多少次？
冷的脸，黑的头发，
在这绿色的露台上！

那吉卜赛姑娘
在水池上摇曳着。
绿的肌肉，绿的头发，
还有银子般沁凉的眼睛。

一片冰雪似的月光
把她扶住在水上。
夜色亲密得
像一个小小的广场。
喝醉了的宪警
正在打门。

绿啊，我多么爱你这绿色。
绿的风，绿的树枝。
船在海上，
马在山中。

译自［西班牙］洛尔迦《洛尔迦诗抄》

短 歌

——赠格劳提奥·纪廉，时在塞维拉，他还是一个孩子

在月桂的枝叶间，

我看见黑鸽子一双。

一只是太阳，

一只是月亮。

"小邻舍，"我对他们说，

"我的坟墓在何方？"

月亮说："在我喉咙里。"

太阳说："在我尾巴上。"

而我这个行人，

大地沾到我腰旁，

看见了两只云石的鹰，

和一个裸体的女郎。

两只鹰一模一样，

而她却谁都不像。

"小鹰儿，"我对他们说，

"我的坟墓在何方？"

月亮说："在我喉咙里。"

太阳说："在我尾巴上。"

在樱桃的枝叶间，

我看见裸体的鸽子一双。

它们都一模一样，

两个又谁都不像。

译自［西班牙］洛尔迦《洛尔迦诗抄》

蔷薇小曲

蔷薇
不寻找晨曦：
在肉体和梦的边缘，
她寻找别的东西。

蔷薇
不寻找科学和阴翳：
几乎是永恒地在枝上
她寻找别的东西。

蔷薇
不寻找蔷薇：
寂静地向天上，
她寻找别的东西！

译自［西班牙］洛尔迦《洛尔迦诗抄》

安东尼妥·艾尔·冈波里奥之死

死的声音响起，
在瓜达基维河附近。
古老的声音围绕着
雄健的紫罗兰的声音。
他在他们的靴上
咬了许多野猪的齿印。
他在这场搏斗中
跳得像个滑溜的海豚。
他在敌人的血里
洗他红色的领巾。
可是敌人有四柄尖刀，
他就只能输定。
当星光在灰白的水上
戳进了刺牛的矛刃，
当犊子梦见了
丁香花的圣巾，
死的声音响起，
在瓜达基维河附近。
安东尼奥·陶莱斯·艾莱第亚，
不愧为冈波里奥家的子孙。
碧月一样的棕黑，

320

雄健的紫罗兰的声音。

"谁送了你的性命，

在瓜达基维河附近？"

"是四个艾莱第亚，我的表亲，

他们是伯那梅希的居民。

他们妒我忌我，

偏不妒忌别人：

象牙雕镂的鸡心，

还有这光泽的皮肤，

橄榄和茉莉揉成。"

——啊，冈波里奥家的安东尼妥，

配得上一位女君！

你要记住圣处女，

因为你就要归阴。

——啊，费特列戈·迦尔西亚，

快去报告宪警！

我的腰肢已经折断，

像一枝玉蜀黍的根茎。

淌着三道血流，

他侧身死去，只见半个面形。

就像一个活的钱币，

再也不能回生。

一个天使大步前来，

把他的头搁上垫枕。

几个疲乏羞愧的天使，

给他点上一盏油灯。

当他这四位表亲，

回到伯那梅希城，

死的声音消逝

在瓜达基维河附近。

译自［西班牙］洛尔迦《洛尔迦诗抄》

呜　咽

我关紧我的露台，
因为不愿听到呜咽，
但是从灰色的墙背后
听到的只有呜咽。

唱歌的天使不多，
吠叫的狗也没有几条，
一千只提琴也能抓在掌心：
可是呜咽是一个巨大的天使，
呜咽是一条巨大的狗，
呜咽是一只巨大的提琴，
风给眼泪勒住了，
我听到的只有呜咽。

译自［西班牙］洛尔迦《洛尔迦诗抄》

恋爱的风

有个苦味的根
有个千扇窗的世界。
最小的手也不能
把水的门儿打开。

哪里去？哪里去？哪里？
有千片平坛的天庭。
有苍白的蜜蜂的战斗。
还有一个苦味的根。

苦根。

苦痛的是脚底，
和脸面的里层。
苦痛在新砍伐的
夜的新鲜的树身。

恋爱啊，我的冤家，
我啃着你苦味的根！

译自［西班牙］洛尔迦《洛尔迦诗抄》

海水谣

在远方，
大海笑盈盈。
浪是牙齿，
天是嘴唇。

不安的少女，你卖的什么，
要把你的乳房耸起？

——先生，我卖的是
大海的水。

乌黑的少年，你带的什么，
和你的血混在一起？

——先生，我带的是
大海的水。

这些咸的眼泪，
妈啊，是从哪儿来的？

——先生，我哭出的是

大海的水。

心儿啊，这苦味儿
是从哪里来的？

——比这苦得多呢，
大海的水。

在远方，
大海笑盈盈。
浪是牙齿，
天是嘴唇。

译自［西班牙］洛尔迦《洛尔迦诗抄》

小广场谣

孩子们唱歌
在静静的夜里：
澄净的泉水，
清澈的小溪！

孩子：

你的神圣的心
什么使它欢喜？

我：

是一阵钟声
消失在雾里。

孩子：

让我们唱歌吧，
在这小广场里，
澄净的泉水
清澈的小溪！

你那青春的手里
拿着什么东西？

我：

一支纯白的水仙，
一朵血红的玫瑰。

孩子：

　　把它们浸在

　　古谣曲的水里。

　　澄净的泉水，

　　清澈的小溪！

　　你有什么感觉

　　在你那又红又渴的嘴里？

我：

　　我觉得的是

　　我这大头颅骨的滋味。

孩子：

　　那么就来饮取

　　古谣曲的静水。

　　澄净的泉水，

　　清澈的小溪！

　　为什么你要走去

　　和小广场这样远离？

我：

　　因为我要去寻找

　　魔法师和公主王妃！

孩子：

　　是谁把诗人的道路

　　指示给你？

我：

　　是古谣曲的

　　泉水和小溪。

孩子：

难道你要走得很远
离开海洋和陆地?

我：

我的丝一般的心里
充满了光明，
充满了失去的钟声，
还有水仙和蜜蜂。
我要走得很远，
远过这些山，
远过这些海，
一直走到星星边，
去求主基利斯督
还给我
被故事传说培养成熟的
那颗旧日的童心，
和鸟羽编的帽子，
以及游戏用的木剑。

孩子：

让我们唱歌吧
在这小广场里，
澄净的泉水，
清澈的小溪!

给风吹伤的
枯干的凤尾草
叶上的大眸子，
在为死掉的叶子哭泣。

译自［西班牙］洛尔迦《洛尔迦诗抄》

329

木马栏

——赠霍赛·裴尔伽明

节庆的日子
在轮子上盘桓。
木马栏把它们带去，
又送它们回来。

青的圣体节。
白的圣诞节。

日子天天过去，
像蝮蛇蜕皮，
但是节日，
唯一的破例。

我们的老母亲
都这样过她们的节庆
她们的夜晚
是缀金叶的闪缎长裙。

青的圣体节。

白的圣诞节。

木马栏回旋着，
钩在一颗星上。
像地球五大洲的
一枝郁金香。

孩子们骑在
装成豹子的马上，
好像是一颗樱桃，
他们把月亮吞下。

生气吧，马可·波罗！
在一个幻想的转轮上，
孩子们看见了遥远的
不知名的地方。

青的圣体节。
白的圣诞节。

译自［西班牙］洛尔迦《洛尔迦诗抄》

331

猎　人

在松林上，
四只鸽子在空中飞翔。

四只鸽子
在盘旋，在飞翔。
掉下四个影子，
都受了伤。

在松林里，
四只鸽子躺在地上。

译自［西班牙］洛尔迦《洛尔迦诗抄》

塞维拉小曲

——赠索丽妲·沙里纳思

橙子林里，
透了晨曦，
金黄的小蜜蜂，
出来找蜜。

蜜呀蜜呀
它在哪里?

蜜呀蜜呀
它在青花里，
伊莎佩儿，
在那迷迭香花里。

(描金的小凳子
给靡尔小子。
金漆的椅子
给他的妻子。)

橙子林里，
透了晨曦。

译自［西班牙］洛尔迦《洛尔迦诗抄》

333

海 螺

——给纳达丽妲·希美奈思

他们带给我一个海螺。

它里面在讴歌
一幅海图。
我的心儿
涨满了水波，
暗如影，亮如银，
小鱼儿游了许多。

他们带给我一个海螺。

译自［西班牙］洛尔迦《洛尔迦诗抄》

风　景

——赠丽妲，龚查，贝贝和加曼西迦

苍茫的夜晚，
披上了冰寒。

朦胧的玻璃窗后面，
孩子们全都看见
一株黄色的树
变成了许多飞燕。

夜晚一直躺着，
顺着河沿，
屋檐下在打颤，
一片苹果的羞颜。

译自［西班牙］洛尔迦《洛尔迦诗抄》

骑士歌

哥尔多巴城。
辽远又孤零。

黑小马，大月亮，
鞍囊里还有青果。
我再也到不了哥尔多巴，
尽管我认得路。

穿过平原，穿过风，
黑小马，红月亮。
死在盼望我
从哥尔多巴的塔上。

啊！英勇的小马！
啊！漫漫的长路！
我还没到哥尔多巴，
啊，死亡已经在等我！

哥尔多巴城。
辽远又孤零。

译自［西班牙］洛尔迦《洛尔迦诗抄》

树呀树

树呀树，
枯又绿。

脸儿美丽的小姑娘
正在那里摘青果，
风，高楼上的浪子，
来把她的腰肢抱住。

走过了四位骑士，
跨着安达路西亚的小马，
披着黑色的长大氅，
穿着青绿色的短褂。
"到哥尔多巴来呀，小姑娘。"
小姑娘不听他。

走过了三个青年斗牛师，
腰肢细小够文雅，
佩着镶银的古剑，
穿着橙色的短褂。
"到塞维拉来呀，小姑娘。"
小姑娘不理他。

暮霭转成深紫色，

残阳渐暗渐西斜，

走过了一个少年郎，

带来了月亮似的桃金娘和玫瑰花。

"到格拉那达来呀，小姑娘。"

小姑娘不睬他。

脸儿美丽的小姑娘，

还在那里摘青果，

给风的灰色的胳膊，

把她腰肢缠住。

树呀树，

枯又绿。

译自［西班牙］洛尔迦《洛尔迦诗抄》

小夜曲

——献祭洛贝·特·维迦

在河岸的两旁，
夜色浸得水汪汪，
在罗丽妲的心头，
花儿为爱情而亡。

花儿为爱情而亡。

在三月的桥上，
裸体的夜在歌唱。
罗丽妲在洗澡，
用咸水和甘松香。

花儿为爱情而亡。

茴香和白银的夜
照耀在屋顶上。
流水和明镜的银光。
你的大腿的茴香。

花儿为爱情而亡。

译自 ［西班牙］洛尔迦《洛尔迦诗抄》

339

哑孩子

孩子在找寻他的声音。
（把它带走的是蟋蟀的王。）

在一滴水中
孩子在找寻他的声音。

我不是要它来说话，
我要把它做个指环，
让我的缄默
戴在他纤小的指头上。

在一滴水中
孩子在找寻他的声音。

（被俘在远处的声音，
穿上了蟋蟀的衣裳。）

译自［西班牙］洛尔迦《洛尔迦诗抄》

婚　约

从水里捞起
这个金指箍。

（阴影把它的手指
按住了我的肩窝。）

把这金箍捞起，我的年纪
早已过了百岁。静些！

一句话也别问我

从水里捞起
这个金指箍。

译自［西班牙］洛尔迦《洛尔迦诗抄》

341

最初的愿望小曲

在鲜绿的清晨，
我愿意做一颗心。
一颗心。

在成熟的夜晚，
我愿意做一只黄莺。
一只黄莺。

（灵魂啊，
披上橙子的颜色。
灵魂啊，
披上爱情的颜色。）

在活泼的清晨
我愿意做我
一颗心。

在沉寂的夜晚，
我愿意做我的声音。
一只黄莺。

灵魂啊，

披上橙子的颜色吧！

灵魂啊，

披上爱情的颜色吧！

译自［西班牙］洛尔迦《洛尔迦诗抄》